龍《りゅう》を飼《か》う男《おとこ》

ふゆの仁子
JINKO FUYUNO

イラスト
奈良千春
CHIHARU NARA

Lovers Label

CONTENTS

✦本作品の内容は全てフィクションです。
実在の人物、団体、事件などにはいっさい関係ありません。

プロローグ

雑多、混沌《こんとん》、雑然、無秩序――それでいて、得体の知れない熱気に満ちている。

超高層ビルと雑多な家の入り組んだ街並みを歩きながら、男はふっとため息を漏らし、銀縁眼鏡のブリッジを押し上げた。

前回この土地に男が訪れたのは、中国に返還される直前だった。

あのときは、どこか熱に浮かされたような狂気じみた空気が漂っていた。たとえて言うのなら、噴火寸前の火山のように、地脈が熱いマグマを溜め込んだような感覚――政治的な問題のみではなく、もっと深い「何か」が変わってしまう。

自由がなくなり、あらゆる制約を受けてしまう。それにより、どう変化するのかという、誰もがそんな、得体の知れない未知の不安や焦燥感《しょうそうかん》を抱いていた。

けれどあれから――四年。

再び降り立った土地の空気は、当時となんら変わっていないようでいて、違っている。むしろあのときよりも、遙かに強い熱を感じる。

肌にまとわりつくような熱気と湿気。香辛料と香の混ざった独特の臭気。逃れようとしても逃れられない、この土地で生まれ育った人間にだけわかる独特の空気だ。

それがわかるということはつまり、己自身、四年前と、なんら変わっていないということかもしれない。

どれだけ嫌悪しながらも、この熱気の中にくると、体中の血液が沸騰するような感覚を味わう。他の土地で感じる違和感を、この場所では絶対に感じない。自分の体の中に流れる血を実感する。常に飢えていたものがなんだったのか、それを思い知らされる。

中国に返還されてなお、独特のその空気を失うことがなく、この土地の人間は永遠に異邦人であり続ける場所——香港。

狭い土地に、老いも若いも、富める者も、貧しき者も、人種も関係なく、ひしめき合って生きている。

「再びこの土地に、足を踏み入れることになろうとはな——」

眼鏡の下で、アジア人特有の切れ長の瞳を鈍く光らせながら、細面《ほそおもて》で端整な顔立ちのティエン・ライは、薄く微笑んだ。

1

香港島南側に位置する淺水湾――レパルスベイと呼ばれるこの場所はかつて、英国人の高級リゾート地だった。

ここに建っていた老舗ホテルをコロニアル様式に改装し、高層ビルを併設した今、観光地として名高い。中でも、風水の考えに基づき、山からの気の流れを妨げないように建物の一画に四角い大穴を開けたマンションは、あまりにも有名だ。

マンションの窓から望む遠浅の砂浜には、観光客が点在している。

その賑やかな喧噪《けんそう》を横目に、高柳智明《たかやなぎともあき》は目の前にあるマンションを見上げていた。最上階に位置する最高級の部屋の主に、用があって訪れた。

本来ならまったく縁のない場所だ。それゆえ、自然と生まれる緊張のため、握った掌はびっしょり汗をかいていた。

だが、今、汗をかいているのは、掌だけではない。

柔らかく癖のある栗色の髪が、潮気のある空気に触れて、肌に張りついている。建物の中に入ったことで、寒いぐらいの冷気の中にいるが、外を歩いたため、夏用の背広の背中が、汗で湿っているような感じがした。

香港には半年前に訪れた。だから夏の暑さを味わうのは、今年が初めてだった。日本の夏と大差ないように思っていたが、どうやら甘かったらしい。湿度の高さに日射しの強さはもちろんのこと、肌にまとわりつくねっとりとした独特の空気が苦痛だった。もっと最悪なのは、一度ビルの中に入ると、寒いぐらいに空調が効いていることだ。外気との差は、下手をすると二十度はあるのではないかという状態に、こんなことを繰り返していたら、確実に体調が悪くなるだろうと思った。

汗を拭っておかないと、体が冷えすぎる。ため息を漏らす唇の右上には、小さめのホクロがある。

高柳は黒目がちで大きめの目のせいか、どことなく幼い印象を生みがちだった。けれど、そのホクロがあることにより、ずいぶんと印象を違えるらしい。大人びて見えるというよりも、正直に言うとエロいらしい。なぜかは知らないが、ホクロは性的なインスピレーションに直結する何かがあるのかもしれない。

しかし、高柳自身は、つい最近まで、それほどまでにこのホクロが他人に影響を与える事実に、気づいていなかった。何しろ他人に見えても、自分では鏡を見ない限り、確認できない。正直、邪魔だと思って過ごした時間の方が長いぐらいだ。

それでも今は、このホクロが持ってるかもしれないという、他人の情欲を刺激する力を、信じたい気持ちで一杯だった。

そんな願いを胸に、内心不安を抱えながら、歪《いびつ》な形の超のつく高級マンションへ向かう。

こういったマンションのセキュリティは厳しい。本来ならば、面識のない相手にアポイントもなしに会おうとしても、そう上手くいくものではない。

まず、オートロック式の扉の中に入ることに苦労する。このマンションも、エントランスの最初の自動ドアを通り抜けると、ホテル張りのカウンターが目の前にあり、必ずその前を通る構造になっていた。

最初の関門だ。相手には、事前のアポイントなど取っていない。何をどう言うべきかと悩みながら、とにかく訪問先の部屋番号を告げると、スタッフが相手の部屋に電話を入れる。

「お名前は？」

素直に本名を名乗るべきか、それとも、誰かの名前を借りるべきかと悩みながら、正当手段で進むことにした。

「高柳です」

「少々お待ちください——フロントです。お客様がおいでです」

インターホンを鳴らし、部屋の住人の返答を待って、スタッフは用件を告げる。さらに住人の許可を得た上でやっと中に入れる。

どうしたものかと思ってひやひやしていたのだが、なぜかフロントがこちらの名前や用件を伝える前に、「どうぞ」と言われてしまった。

いいのかと確認したい衝動をぎりぎりで堪《こら》え、お礼代わりに会釈をしてから、フロントの前を通り抜ける。

おそらく、あそこで躊躇《ちゅうちょ》したり怪訝《けげん》な反応を見せていたら、間違いなく、追い返されてしまうだろう。おそらく、自分と誰か他の待ち人と勘違いしたのだろう。とにかく、この好機を逃す手はない。エレベーターホールの場所がわかりやすかったことも、運が高柳に味方しているに違いないと思えた。

さらにちょうど訪れたエレベーターに乗り込み、目的の場所である最上階のボタンを押す。

このマンションの最上階はペントハウスとなっていて、目当ての主しか住んでいない。

それでも念のため、背広のポケットに突っ込んできたメモで、部屋番号を確認する。

「間違いない」

ほっと安堵《あんど》の息を漏らすと同時に扉が開く。

天井は高く、全体は落ち着いた色にまとめられ、大理石の敷き詰められた廊下を進む。実にシンプルでモダンな造りとセンスの良さには、感嘆する。

余計なことを考えていられるのはそこまで。扉の前に立つと、全身に緊張が走り抜けた。

まず、インターホンに伸ばす手が震えた。指を懸命に伸ばしてからも、最後の勇気が出ず、掌を開いたり閉じたりを繰り返す。

(このままじゃ駄目だ)

なんのために、ここまで訪れたのか。さんざん悩んだ末、方法が他にないとわかったからではなかったのか。

己自身を叱咤《しった》し、ぐっと腹に力を入れ、指を前に押す。同時に、遠くで微かにインターホンの音が聞こえる。

僅かな沈黙に、強烈な緊張感が襲ってくる。逃げ出したくても、足が竦《すく》んで動けない。ギロチンにかけられた死刑囚が如く、指一本すら動かせなくなっていた。

やがて、人の気配を感じる。鍵の開く音がして、ゆっくりと扉が押し開かれる。

「先生、あんたには俺専用のセンサーでもついているのか？　さっき空港から到着したばかりなのに……」

隙間《すきま》から覗《のぞ》いた、見上げる高さにある俯《うつむ》き加減の顔が、流暢《りゅうちょう》な英語をしゃべりながら、まるでスローモーションのようにゆっくりと上げられる。

鋭角的な細面の顔に、ぎろりと鋭い瞳。真っ直ぐな黒い髪が印象的な男――細いストライプの入ったシャツの胸元はボタンが三つ外され、ネクタイがだらしなく引っかかっている。すらりとした長身で、肩幅は広いが、均整の取れた体つきだ。

顔だちが細いせいか全体的に尖った印象を受ける。中でも眼鏡の奥の鋭い瞳が、目の前に立つ高柳の顔を認識した瞬間、驚きを示し、その後曇っていく様子を見逃さなかった。

「高柳――智明？」

渇いた声が紡《つむ》ぐのは、間違いなく、自分の名前だった。

その名前を聞いた瞬間、勝ったと思うと同時に、全身から緊張が抜けていき、強い力が沸き上がってくる。たかがそれだけのこと。されど、それだけのことが、今の高柳にとって大きな意味を持っている。

「よかった。覚えていてくれたんだね、ティエン・ライ」

日本語でフルネームを告げてにっこり微笑みかけるが、しばしティエンは表情を強張《こわば》らせたまま、じっと高柳を見つめている。

予想していた通り、やはり待ち人がいたのだろう。それもまさに同じタイミングで訪れるはずの。だからティエンは来訪者の名前を確認することなく、あっさり通したのだ。

それを後悔していようが構わない。すべての事柄が、自分に都合よく流れている。ならば、このタイミングを逃してはならないと、高柳は言葉をたたみかける。

「大学卒業してもう四年になる。おまけに君とは挨拶をする程度の仲だったから、覚えていてくれているかどうか不安だったんだ。だから、すぐに僕が誰だかわかってくれて嬉しい」

これが、第二段階だった。それをあっさりティエンはクリアしてくれた。

ティエンは目の前にいる高柳の顔をまじまじと見つめ、物言いたげに唇を一瞬動かすが、すぐには言葉にならない。

それから長い逡巡《しゅんじゅん》のあと、ようやく口を開く。

「──なんでお前がここに？」

眼鏡のブリッジを細い指で押し上げるティエンは、ようやく平静を取り戻したようだ。ティエンの紡ぐ言葉も、同じく流暢な日本語だった。高からず低からず、金属的で抑揚がなく、どことなくぶっきらぼうな口調は、学生時代と変わっていない。

「君に会いたかったから」

「──俺が香港にいることを、誰に聞いた？」

「ヨシュアに」

その名前に、ティエンの眉が上がる。

「なんで」

「君の居所を知っているだろう友人は、彼しかいなかった。聞いたら、あっさり教えてくれた」

「どうして俺の居所を知りたかった？」

「君と話をしたかったから」

思い切り、怪訝な視線が向けられる。

「さっきお前が言ったとおり、俺とお前は、大学時代、友達じゃなかった。卒業後、それも四年も経って、俺にはお前とする話なんてない」

「君にはなくても僕にはある」

ティエンの反応は、ある程度予測していた。だから高柳は、怯《ひる》むことなく真っ直ぐにティエンを見つめた。

「もちろん理由は話す。でもその前に、できれば部屋に入れてもらえないだろうか。このフロアには君の部屋しかないのはわかっているけれど、さすがに玄関先で話すような内容じゃない。それとも」

思わせぶりに言葉を切る。

「四年ぶりに会った単なる大学時代の知人に過ぎない僕を部屋に上げるのは、御免だと思っている？」

精いっぱい思わせぶりに微笑みを浮かべた瞬間、ティエンの眉間《みけん》に深い皺《しわ》が刻まれる。

高柳は決して女顔ではない。女性っぽいわけでもないが、明らかにティエンや他の男たちの持たない、華やかで軽やかで、清楚と言われる空気を常に纏《まと》っている。

当人はそれを意識したことはないが、わかる人間にはわかるらしい。

言うならば、潔癖さ。汚れた人間には触れることのできない聖域にも似た綺麗な空気。明らかに、ティエンの纏う空気とは異なる。互いに相容れない空気を感じながら、目の前にいる男に、高柳は強烈に惹かれていた。

そんな相手が、今、目の前にいる。

今回のことがなければ、二度と、会うことなどないと思っていた。

ティエンは一度、高柳に向かって伸ばしかけた手を、ぎりぎりで引き戻していく。

躊躇する様子が、高柳の目にもわかる。眉は不機嫌そうに寄せられたまま、唇はへの字の形に結ばれている。

やがてティエンは大きなため息を漏らし、扉の前から己の体を引いた。

第三段階も、クリアした。

「ずいぶんと、綺麗にしているんだね」

案内された二十畳はあろうかというリビングは、全体に広々としていて、窓からはレパルスベイがよく見えた。

「レパルスベイのマンションなんて、外から見るばかりで、中がこんな風になっているなんて知らなかった。思っていたよりも遙かにモダンな造りで驚いた」

当然のように、高柳は日本語で押し通した。ティエンは英語、広東語に北京語、さらに日本語に堪能で、確かフランス語までは聞き取れると聞いている。

「二年前に、改装をしたからな」

ティエンは高柳に日本語で返しながら、キッチンから戻ってくる。

手にあるトレイには、アイスペールとエビアンのボトル、さらにクリスタルのグラスとボトルが載っていた。

「あいにくと、さっき香港に戻ってきたばかりで、何もない」

ティエンの言葉に高柳の方が慌てる。

「僕の方こそ強引に押しかけてきた上に、手ぶらでごめん」

謝りの言葉のあとで、ふとティエンの台詞《せりふ》に引っかかりを覚えて顔を上げる。

「――戻ってきた、ばかり？」

「ヨシュアに聞いたんじゃないのか？」

ティエンはウイスキーの口を開きながら応じる。

日系でありながら誰よりアメリカ人的な考えの持ち主であるヨシュアこと黒住修介《くろずみしゅうすけ》は、当時MBAの取得のため、大学に所属していた。年齢は確か六歳年上で、既に他大学を卒業していたはずだ。

どういった関係かはよく知らないが、ヨシュアとティエンは、子どもの頃からつき合いがあるらしい。

ヨシュアという男はロマンティストでエゴイスト。何をするにも派手で、まさにティエンとは正反対のタイプに思えた。だが、二人の間には、同じ空気が流れていると感じることがある。他人に向ける冷ややかな視線は、二人に共通しているものだ。

しかしそんなヨシュアは、不思議なほど、高柳には目を掛けてくれていた。

留学した当時、高柳は日常会話に不自由していた。TOEICはもちろん合格点を出していたのだが、勉強英語と会話ではまったく違う。日系のヨシュアは当然日本語は堪能だったこともあって、困ったときにはなんでも助けてくれた。

今回もそうだ。

ヨシュアとの縁がなければ、ティエンとの縁もなかった。今回も、理由を聞くことなく、あっさりティエンの居場所を教えてくれた。

「僕が聞いたのは、君が今、香港にいることだけ。てっきり大学卒業後、香港に戻っているのかと思っていた」

高柳はソファに座ると、細い膝の上に手を置いて、真っ直ぐにティエンを見つめた。ティエンは横目で高柳の顔を眺めていたが、ふっと視線を逸らす。

「――水割りでいいか？」

「あ、うん。シングルで……」

ティエンはボトルのキャップを外し、トクトクと音を立てながら琥珀《こはく》色の液体をグラスに注ぎ入れていく。

独特な芳醇《ほうじゅん》な香りを部屋の中に充満させながら、自分の分はロックで、高柳にはかなり濃いめのシングルの水割りを用意する。

「在学中、決して友達と言えるようなつき合いをしていなかった俺に、一体なんの話がある？」

わざとその部分を強調して問われ、高柳は僅かに緊張した。

ティエンは怒っている。

「——それは……」

「あいにく、俺は暇じゃない。今回戻ってきたのも急用があってのことだ。旧知の人間と過去を懐かしんでいる余裕はない」

続けざまに強い口調で言って、グラスの酒を呷《あお》る。

「——話があると言ったのは、嘘か？」

続けざまに問いつめられる。何も言い出そうとしない高柳に痺《しび》れを切らしたように、グラスの酒を一気に飲み干し、空になったグラスを勢いよくテーブルに置いた。

「ただ、懐かしさだけで会いに来ているのなら……」

「そうじゃない」

慌てて高柳はティエンの言葉を否定する。躊躇している暇はない。

初志を思い出し、目の前のティエンを見つめる。

もう、覚悟は決めてきたはずだ。だから、頭の中に用意した言葉を口にする。

「君は学生時代——僕のことを好きだったんじゃないのか？」

その瞬間、ティエンの顔が強張るのがわかる。銀縁眼鏡の下の瞳をぎらりと光らせ、目の前に座る男の顔を睨みつけてくる。背筋がぞくりとする冷ややかな視線に、小さく息を呑む。

だが、視線だけはティエンから逸《そ》らさない。ティエンの一挙手一投足を、すべて確認せねばならない。

ティエンはとうに空になったグラスをテーブルに戻し、長い足を組み、前髪をざっとかき上げる。細く長い指の動きは、それだけで濃厚な艶《いろ》を放つ。その動きは、ストイックで獰猛《どうもう》な、猛禽類《もうきんるい》を想像させる。腹を空かせながら、獲物を前にしてすぐには動かない。

「生真面目そうな顔をして、ずいぶん無礼な奴だな。おまけにかなりの自意識過剰とみた」

明らかに不機嫌なティエンの冷ややかな物言いに、高柳は震えそうになる体を必死に堪える。あくまで冷静に対応せねばならない。

「どうして?」

「だってそうだろう? 俺たちはろくに話もしていない。それでどうして俺が、よりによって男であるお前のことを好きだなんていう発想が出てくる?」

ティエンは僅かに饒舌《じょうぜつ》になる。

「それに万が一そうだとして、四年も経った今、それを打ち明けることに、一体なんの意味があるのか、教えてもらいたいね」

ティエンは空になったグラスにウイスキーを注ぎ足し、ストレートに近い状態でぐっと飲む。上下する喉仏の動きが、妙に目に付いた。

「無礼なのは承知だよ。でもどうしても教えてもらいたい。君の気持ちを」

訴える声が、情けなくも震えてしまう。膝の上に置いた汗の滲《にじ》む手を強く握り締め、ぎゅっと一度固く閉じた瞼《まぶた》をゆっくり開く。

ティエンはそんな高柳の様子を上目遣いに確認しながら、体を伸ばし、空になったグラスに指で氷をひとつ落とした。濡れた指先をぺろりと嘗める舌の赤さが、やけにいやらしく思える。

ティエンはグラスにウイスキーを注ぎ入れる。ステンレス製のマドラーでそれを混ぜ、水面に映る自分の姿を眺めるかのように、じっとそこを見つめていた。

「俺の気持ちを知ってどうするつもりだ」

カランと氷が落ちる。

「理由を言ったら、教えてくれるのか？」

質問をするティエンに、両手をテーブルに突いて腰を浮かし、身を乗り出すようにしてティエンに尋ね返す。

「勘違いするな。俺の気持ちを知りたいと言っているのはお前の方だ。俺はお前の理由なんて、正直どうでもいい。だが、もし本気で知りたいと言うのなら、俺に聞くよりも前に、それなりのやり方があるんじゃないか？」

手の中のグラスを揺らしながら、背中を背もたれに預ける。長い足を組んでふんぞり返った男は、蔑《さげす》むような視線を投げかけてくる。

ティエンの表情から、微かに覗いていた動揺は消えていた。

一筋縄でいく相手でないことは、最初からわかっていたはずだ。

そう思いながら、高柳は一瞬、視線を上げて、目の前にいる男の顔を見つめる。そして自分を冷ややかに見据える眼鏡の下の瞳を目にした瞬間、背筋にまるで電流が流れるような衝撃を覚えた。

心まで見透かすような鋭い視線には、何も隠せないのだと思わされる。

軽蔑されようが、何をされようが、進むべき道はひとつしか残されていない。

何度か顔の上げ下げを繰り返したのち、覚悟を決め、ぐっと全身に力を入れた。

「君が、まだ僕に対しなんらかの興味を抱いてくれているなら、僕自身を買ってもらいたい」

ずっとずっと心の中で繰り返し練習してきた言葉を口にした瞬間、全身から火が出るほどの羞恥《しゅうち》が押し寄せてきた。その言葉がどんな意味をなすか、すべてわかっていたつもりでいた。

だが、実際言葉にすることが、これほどまでに恥ずかしいことだと、わかってはいなかった。

コメカミが激しく痛み、喉が焼けるように熱くなり、指先が痺れたように痛くなる。顔は火が出ているかのように赤く染まり、落ち着かない気持ちになった。

さらに、ティエンが追い打ちをかけてくる。

「——買う?　お前を?　誰が」

「君が」

明らかに揶揄《やゆ》した口調で、高柳の言葉の真意を確かめるべく、その言葉を繰り返されると、改めて己の言葉の恥ずかしさを実感させられる。あまりに無防備で、あまりに愚かな姿を晒《さら》している。

「意味がわからない」

ティエンの口調は素っ気ない。

「なんの意味がわからない？」

「全部だ全部。第一に、お前の言う『買う』の意味がわからない。それこそ街角で客を待って立っている女のような意味で、買えと言ってるのか？」

ティエンは、グラスに残っている酒を、目の前に座る高柳に向かって放ってきた。

――目を閉じる間もなかった。

濃厚なウイスキーを浴びて、目がひどく痛む。濡れた前髪からポタリポタリと落ちてくる滴《しずく》を拭うこともできず、しばし呆然とする。

（当然、だな）

笑いが込み上げてきそうになった。逆の立場だったとしたら、自分は絶対に同じことを思う。

高柳の方に、なんらかの理由があることを察知しているティエンをその気にさせるためには、ただ下手に出るだけでも、正直に理由を打ち明けるだけでも駄目だ。この男から同情を誘おうというのが、土台無理な話なのだろう。

高柳は長い睫毛《まつげ》を濡らすアルコールを手の甲で無造作に拭い、大きく瞬きをしたのちに目を見開いた。

「僕は君の言うとおり、街角で客を待つ女のような意味で買う場合を聞いているんだ」

ティエンの眉が僅かに動き、眉間に皺が寄せられる。その隙を逃すことなく、高柳はグラスをテーブルに下ろし、腰を浮かして体を前に乗り出した。

「僕は君に、僕のことを買ってもらいたい」

「――揶揄《からか》うなと言ってる」

「揶揄ってなんていない」

立ち上がろうとするティエンの膝に、高柳はすっと手を伸ばす。しかしすぐにその手を握られ、捻《ひね》り上げられる。

「痛……っ」

「ふざけるな。金が欲しくて売春する気なら、他にいくらでも適任者はいるだろう?」

「――ふざけてなんてない。本当に……君じゃないと、駄目、なんだ」

ティエンの容赦《ようしゃ》のない仕打ちを必死に堪え、高柳は訴える。

今自分は、ティエンの目にどう映っているのだろうか。

蔑みでもいい、とにかく自分から視線を逸らさせないため、怒りの感情を露《あらわ》にする相手に食い下がる。

「お金が欲しいのは事実だ。確かに、ただ体を売るだけなら、君の言うように、僕みたいな人間でも買ってくれる人はいるかもしれない。でも……、でも、それじゃ駄目なんだ」

どうすれば、この男を本気にできるか。そのためには、己の逆境さえ、好機に思える。

だから自分にできるかぎりで、ティエンに食らいつく。

「言っておくけれど、君に抱いてほしくて抱いてくれって頼んでいるわけでも、買ってくれと言ってるわけでもない。でも、もし君が過去に僕に好意を抱いていてくれてたのなら——僕のことを、少しでも高く買ってもらいたい」

背中越しに絶え絶えの息で訴えると、ティエンの腕の力が弱まるのを待って逃れる。そして二人の間にあるローテーブルに乗り上がり、ティエンの前に立った。

高い位置からティエンを見下ろし、その肩に両手を置いた。前髪から滴《したた》り落ちるウイスキーが、まるで涙のようにティエンの頬を濡らす。

「改めて頼みます。僕を買ってくれませんか」

細い指で、ティエンの輪郭《りんかく》を辿る。ひんやりと冷えたその指先の感覚に、ティエンが微かに反応するのがわかる。けれど表情は変えることなく、ただひたすらに眉を顰《ひそ》め、高柳の顔を見つめている。

「——ひとつ確認したい」

触れてくる高柳の手をそのままに、ティエンは背筋が冷たくなるほど、そして地を這《は》うほど低い声を発した。

「お前の言う『買う』という言葉には、『飼う』意味も含まれていると思っていいのか？」

想像もしていなかった質問に、高柳はしばし考えて答える。

「――解釈は、君の判断に任されている」

「なるほど」

ティエンの口元に微かな笑みが浮かぶ。さらに、その口元を視線で追っていた高柳の瞳に、ペロリと舌嘗めずりする光景が飛び込んでくる。赤い舌のその淫《みだ》らな動きに魅せられ、全身が疼《うず》いたときには、ティエンの腕が細い腰に回ってきていた。

「あ……」

驚きの声を上げようとした口を、ティエンの唇に塞《ふさ》がれる。

歯と歯が当たって、脳天まで痺れるような痛みを覚えた。だがティエンも高柳も、口づけをやめようとしなかった。

硬く目を閉ざし、強引に押しつけられる唇からは、濃厚な煙草の香りがした。

それと一緒に漂うのは、ウイスキーの強い匂いだ。自分の髪を濡らした匂いと、ティエンの舌にまとわりつく匂いは同じはずなのに、全く違う匂いに思える。

ティエンの舌の甘さと熱に、高柳は驚かされる。具体的なイメージがあったわけではないが、こんな風に甘いとは思ってもいなかった。その甘さをもっと味わいたくて、自分から舌を吸い上げる。そしてその舌を、逆にティエンに執拗《しつよう》に吸われる頃には、高柳の背中はソファのスプリングに押しつけられていた。

上からのし掛かってくる体が、完全に高柳の動きを封じていた。息苦しさに僅かに顔を左右に揺らしてみるが、まったく許してもらえない。

促されるままにティエンに舌を絡め、激しく貪《むさぼ》る。

上顎《うわあご》を舌の先で突かれ、歯の裏を嘗められる。これまでした誰とのキスとも異なる濃厚さといやらしさに、嫌でも喉が鳴る。溢れてくる唾液を啜《すす》られ、一緒に舌までも吸い上げられると、高柳は苦しさに喉を鳴らした。

本当に食べられてしまうのではないかと思う激しさに、必死に相手の肩に爪を立て、腰から這い上がる疼きを堪える。気を緩めた瞬間、その疼きは思考までも支配しようとするのだ。

額を覆う前髪を、大きな手がかき上げてくる。

露になる額に、さんざん唇を貪っていたティエンの舌が押しつけられる。

熱い唇がそこに触れるだけで、背筋がぞくぞくしてくる。眼鏡の下の瞳に見つめられるだけで、肌を愛撫《あいぶ》されているような気になる。だから我慢できずに閉じた瞼の上に、唇が触れてくる。そこからまるで眼球の形を確認するように、舌がぎゅっと押しつけられる。

柔らかく弱い場所を探られる刺激と、唾液と舌の織りなすピチャピチャという水音に、恐怖と、甘美な快感が生まれ出てくる。

やがてティエンの手が腿《もも》にゆっくりと伸びてくる。ズボンの上から探るように手を移動され、咄嗟《とっさ》に膝を閉じようとするが、その間に入り込んだ体に阻《はば》まれる。

一気に快感だけを与えられるのではない、じわじわと追いつめられ這い上がってくる感覚に、高柳は小さく息を呑んだ。でも、必死に生まれてくる逃げ出したい衝動を堪え、ティエンになされるがまま、じっと我慢する。

指を動かされるたび、小さな吐息を溢れさせ、苦しさに眉を顰める。

思わせぶりに体を撫でる掌の動きに、叫びたくなる。

確実に、高柳の中心に迫ってくるのに、すぐに触れてはこない。あくまでズボンの上から、その縫い目に沿って指を動かし、ぎりぎりまで移動させながら、離れていく。そのたび、腰が跳ねるのを楽しそうに眺めているのが、薄目を開けた瞳で確認できた。

微かに上がった口元のいやらしさに、すぐ目を逸らす。だが、閉じた瞼の裏に、はっきりとティエンの表情が浮かび上がってくる。

高柳は感じていた。

頭の上から食べられるかもしれない、そんな恐怖に似た感覚の中で、明らかに勃起している。再び触れてくるティエンのキスからも逃れたりしない。自分から唇を開き、舌を求められるままに伸ばす。顎を摑《つか》んでくる細い指先の感覚ですら、快感を呼び覚ます愛撫に思えてくる。

頭の芯が痺れ、そこからどろどろ何かが蕩《とろ》け出してくるようだった。

思考も、理性も溶かされ、何も考えられなくなりかけたとき、遠くで扉の開く音が聞こえた。続く廊下を踏みしめる音に、急激に理性が引き戻される。はっと目を見開き、咄嗟に起き上がろうとするが、ティエンは高柳から離れようとしなかった。

「ん……っ」

逃れようと胸を押し返すと、かえって強く抱き締められる。舌に歯を立てられて、痛みと同じだけの甘い感覚に、腰が跳ね上がった。

「――何をなさっているんですか」

しかし、ティエンの頭越しに聞こえる金属的な声で紡がれる英語に、全身が硬直する。

寝転がった状態でははっきりわからないものの、かなりの長身に、華やかな中華服を身に着けた男が、眉間に深い皺を刻んでいたのだ。

艶《つや》やかな艶のある髪は結ばれ、肩口から前に流されていた。胸の前で腕を組んだ姿は、まさに麗人と称すべきだろう。

ティエンも整った顔立ちだが、それとはまったく意味合いが異なる。

形容するならば凄艶《せいえん》だろうか。

男性なのは一目でわかるが、凛々《りり》しさを秘めたティエンの美とは明らかに異なっていた。女性めいているわけでもない。ただ、とにかく、息を呑むほどの造作だった。

それでいて、ティエンは周囲の温度を二度上昇させるが、この男はその逆で二度下げる。柔和な美しさを放っているが、醸し出される空気はとても冷酷だ。その冷眼に、高柳は微かに引っかかりを覚える。どこかで見たような、そんな懐かしさが生まれる。

だが相手の高柳に向ける視線は、まるで虫けらでも眺めるように、感情の欠片も感じられない。その視線に、思考を停止し、完全に動きを封じられる。

「取り込み中だ」

答えるティエンは振り返ろうともしない。

「重要な話があるとお話ししたはずですが」

「後にしろ」

「ティエン様……」

戒めようとする声に、ティエンの全身がびくりと震え、そこで初めて後ろを振り返った。

「この俺に、同じ事を二度言わせる気か」

ティエンがどんな表情を見せていたのか知らない。だが、相手の強張っていくその様子を見ていれば、嫌でも想像できてしまう。

ティエンがまったく折れるつもりがないとわかったのだろう。

「わかりました」

麗人は大袈裟《おおげさ》なほどのため息を漏らし、わざとらしく肩を竦めた。

「お楽しみを邪魔した私が悪かったということにいたしましょう。とりあえず貴方様が香港にいるのはわかったことですし、とりあえず私は奥の部屋におります。用事が済まれたら、声を掛けてください」

「とりあえず、わかったと言っておく。が、いつになるかはわからないがな」

横柄な様子で応じながらソファから下りたティエンは、声を立てて笑っていた。

「ははは……」

これまで目にしたどんな表情とも違う凄みを含む微笑みに、背筋に冷たいものがひやりと流れ落ちた。

学生時代、誰もがティエンは自分たちと違う立場の存在だと思っていた。だが何が違うのかは、誰も口にしなかった。

でも今、はっきりと、自分とは違うと確信が持てた。どうしたって高柳には、ここまで酷薄な笑みは浮かべられない。

男の深淵《しんえん》に潜む闇――それがこの男を変えているのか。一体どんな闇を抱えているのか。触れてはならないとわかっているのに、どうしようもないほどの欲望に駆られる。

「邪魔が入ったが、どうする？」

笑いながら問われるが、その笑みに温もりは感じられない。顎を乱暴に摑まれ、顔を上向きにされ、唇にねっとりと舌が伸びてくる。ぺろりと味わうようなその動きのあと、竦み上がりそうな勇気を振り絞った。

「――買ってくれるんですか」

消えそうな声で、それでもはっきりと告げる。

危険だと、心の中の自分が囁《ささや》いている。だが、それ以上に、これまで目にしたことのないティエンの姿に、猛烈に魅せられている。

「さあな。とりあえずは、試してみてからだ」

にやりと笑って眼鏡越しに光るティエンの瞳に、高柳は自分の頷く姿を見た。

セットされた髪を崩した途端、これまで表に出ていなかったティエンの本性とも言うべき姿が露になった。

ソファから起き上がった高柳は、目を見開いて、しっかりとその変わり様を凝視していた。ティエンは既に緩められていたネクタイの結び目に指を突っ込んで左右に揺らす。シャツの裾をズボンから引きずりだし、ボタンをすべて外した。

露になる胸元は思っていた以上に鍛えられていて、隆起する筋肉と鎖骨の浮き上がりに、思わず生唾を呑み込んだ。

その状態でティエンはウイスキーボトルに直接口をつける。

シャツの上からでもわかるぐらい、背中のラインは見惚《みと》れるほどに美しい。肩幅は広く、骨格標本のように美しい骨を、均整の取れた肉が覆っている。

その体を、口からこぼれ落ちた琥珀色の液体が、しっとりと濡らしていく様は、強烈なまでのエロティシズムを生む。

無造作に唇を拭い、そのままの手でベルトのバックルを外し、ズボンのファスナーを下ろしながら、ソファのアームレストに腰を預けてくる。

そしてやおら高柳のネクタイを摑んで、自分の方に引き寄せた。

「俺に高く買わせたいのなら、お前の精いっぱいで、誘ってみろ」

明らかに揶揄する口調のティエンの高柳を見る目は、ぞくりとするほどに艶めいていた。

それこそ、見られるだけで背筋のざわつくような淫靡《いんび》さを孕《はら》む瞳の輝きを放ちながら、煙草に火を点ける。

「できないと言うなら話はなしだ」

顔に向かって煙を吐き出しながら、ティエンの指は高柳の胸元にすっと伸びてくる。思わせぶりなその動きに、シャツの下の皮膚がざわめき出す。

「どうする？　できないか？」

耳殻を甘く嚙めながらの問いに、今度は背筋が震える。

何度も何度も、ティエンは揺さぶりを掛けてくる。そのたび、高柳は改めて自分の決意を確認する。

できないと言ったら、ここまでのすべてが水の泡になる。だから、ティエンの腕から逃れて立ち上がる。

「できるよ、もちろん」

「では、お手並み拝見といくか」

にやりと笑うその表情は要するに、どうせ高柳には無理だと思っているのだ。それがわかっ

て、ムキになって立ち上がった。

まずは、ネクタイの結び目に手を掛けるが、その指先が震えた。ほぼ毎日やっていることなのに、ティエンに見られていると思うだけで、全身が緊張していた。

(……涼しい顔して……っ)

ティエンの目を見るから駄目なのだ。

だが、顔を逸らしても無駄だった。

顔を見なくても、ティエンの眼鏡越しの視線を感じてしまう。冷淡なのに、見られると体は熱くなる。

ティエンをその気にさせねばならないのに、見られている方がその気になってしまう。

やっとの思いでネクタイを外し、ズボンから引きずり出したシャツのボタンに手を掛ける。

一個、二個……下から順に外し、最後の一個を外すまで、ろくに呼吸が出来なかった。

ティエンは、そんな高柳のことを、じっと見つめている。風に乗った煙草の匂いが、ゆっくり体にまとわりついてくる。

髪に、服に染みつくその匂いはまるで、ティエンの視線と同じだった。気づいたときにはもう、がんじがらめになっている。意識せずとも感じてしまう。

「それで終わりか?」

動きを止めると、間髪入れずに指摘される。

「――まさか」

強気に返してみせても、鼓動がどんどん高鳴り、とても冷静になれそうになかった。

（……チクショ……）

半ば自棄《やけ》気味にシャツを脱ぎ捨て、ベルトのバックルを外し、急いでズボンに手を掛けようとしたところで、ティエンが不意に笑い出す。

「君に言われたとおりに脱いでいるのに、笑うなんて最低じゃないか」

「仕方ないだろう？　笑いたくもなる」

体を伸ばし長くなった灰を落としながら、ティエンはまだ笑い続けている。

「ストリップショーとまではいかないにしても、もう少し脱ぎ方があるだろう？」

「――僕にはこれで精いっぱいなんだ」

半ばやけくそに靴下を脱ぎ捨てると、最後、下着一枚になる。さりげなくティエンに背を向け、一気にそれも脱いでから、振り返る。

「次には何をすればいい？」

「それを俺に聞くのか？」

「脱げと言ったのは君だ」

高柳の返答に、ティエンは煙草の先端をぎゅっと灰皿に押しつけた。

「勘違いするな。俺は脱げと命令したわけじゃない。自分を高く買ってもらいたいのなら、俺をその気にさせろと言っただけだ」

「同じことだろう。だから僕は……」

「今の小学生みたいな脱ぎ方で、俺がその気になるとでも?」

ティエンは挑戦的な笑みを浮かべる。

「――じゃあ、僕が何をすれば、君がその気になるのか、教えてほしい」

「そんなことを言って、後悔しても知らないぞ」

そう言ったティエンは、強がりを口にした高柳の前に立ち、嘗めるような視線を向けてくる。

顎から首筋に下り、胸から腹、そして下肢を抜け、足の先まで辿り着く。再び上がってくると、うっすらとした毛に覆われているものの、見られることで勃起しかかっている性器のところで止まる。まさに、視姦だった。見られているだけなのに、全身が粟立《あわだ》っている。

「それなりに、そそる体はしている」

顎を掴まれて軽く上向きにされ、その手が喉仏を通って鎖骨へ下りる。ただ、触れているだけなのに、どうしようもないほどに肌がざわついてくるのはなぜか。

「肌理《きめ》も細かい。細いは細いが、骨が浮き上がっているわけでもない――」

大きな掌全体で、胸元に触れる。

「薄いが筋肉もあるな……ここは、あまり構っていないようだが」

ここ――親指と人差し指の間で痛いほどに摘まれた胸の突起が、ぷくりと膨れ上がる。

「それから、こっちも、綺麗な色をしている」

「あっ！」

甘い感覚に浸るよりも前に、下肢への直接的で強烈な刺激に、全身に力が籠《こも》る。

「もう硬くなりかけている。脱いだだけで、もう感じているのか？」

指が食い込むと、それだけで全身に粟立つような感覚が生まれ、そこに熱が集まっていく。

「や、め……っ」

「俺に体を買えと言っているくせに、この程度で音を上げるのか？」

笑いながらも、指には徐々に力が込められていく。そこに走る血管を辿るように、先端部分から根元まで、表裏関係なく、全体をまさぐられる。

奥歯を噛み締めて堪えようとしても、堪えきれない感覚が次から次へと沸き上がってくる。

「……あ……っ」

「感じたのか？」

押しつぶされ、立たされ、一瞬一瞬で感覚が違う。天国を見たり、地獄に突き落とされたり、地獄で甘美な痛みをもたらされて、何がなんだかわからなくなってきた。

「――っ」

「胸を触られるのは、初めてか」

咄嗟に喉を逸らすと、またティエンが笑い、今度は爪を立ててくる。ぎゅっと食い込む感覚が、痛みとともにざわついた感覚を呼び覚ます。

「まさか童貞じゃないだろう。女を抱くときぐらいは、相手の胸を触ったことがあるだろう？」

胸にあったティエンの手に手を摑まれ、強引に胸に移動させられる。

「あ……っ」

「自分で、女の胸を触るときみたいに、やってみろよ。ついでにこっちも、どんな風にやっているか、俺に見せてみろ」

下肢を愛撫していた手は、いつの間にかもう一方の高柳の手を摑み、胸への愛撫で高ぶりかけた下肢に添えさせられた。

自分の手だとわかっているのに、指先の感覚に全身が震え上がってしまう。

「ティエン……っ」

「自慰《じい》をしたことないなんて、興ざめするようなことを言うのはなしだ」

ティエンは試すような眼差《まなざ》しを向けてくる。

「できないと言うのはなしだ。お前は俺に、自分を高く買わせたいんだろう？　それにはまず、自分のどこが感じるのか、俺に精いっぱいアピールしてみろ」

その言葉で、高柳は先の言葉をすべて失う。

熱い吐息を吹きかけながら、ゆっくりティエンは高柳の体から離れていく。

けれど、視線は肌に吸いついたままだ。ねっとりと這い回るような執拗さを感じながら、ソファに腰を下ろす。

当然、誰かに見せるためになど、自慰をしたことがない。それなのに、全裸で、さらにティエンの前で自慰をせねばならない――。

「ティエ……」

「足は広げろ。閉じられたら、せっかくの場所が見えなくなる」

ティエンは涼しい顔でローテーブルに腰を下ろし、膝を組んでから煙草を銜《くわ》えた。

だらしなく服を乱しているのに、その無表情さゆえか、ストイックな印象を受ける。だが、吸い口を噛む舌の赤さと歯の白さ、さらに煙草を挟む指先の動きに胸の奥がずくんと疼いてしまうのは、自分の浅ましさゆえか。

ついさっき、あの指が、自分の胸に触れていた。

親指と人差し指の間で、乳首を挟んだ。強く、それから柔らかく。先端部分が硬くなってくるのを楽しみながら、時折引っ張った。

じわじわと、乳輪全体に血液が充満していくような、不思議な感覚だった。かつて女性とのセックスで、相手の胸を弄《いじ》った。漠然と、そうするものだと思っていた。実際胸を揉めば、そのたび甘い声が溢れてきた。それらはすべて、柔らかさと膨らみがあるからだと思っていた。

けれど、そうではないことを、ティエンに教えられた。

男でも、乳首に触れられると感じる。突起部分も、周りも。弄られることで硬さを増し、快感を示して硬くなる。

煙草を摘む指が、煙草を銜える舌の動きが、視覚から高柳を刺激する。あの指が、触れていた。あの尖った歯に噛まれると、どんな感じがするのだろう。

頭で考えるだけで、淫らな気持ちになる。どくどくと全身が疼き、下肢が熱くなる。

瞼を薄く閉じ、そろそろとティエンがしていたように自分の胸に触れる。硬く尖ったそれは、軽く指で撫でるだけで、さらに硬さを増し、痺れるような感覚が下肢を熱くする。

草むらを分け入り硬くなった先端が、むくりと頭をもたげるのが自分でもわかった。

むず痒いような感覚にぐっと息を呑み、疼くそこには手を伸ばすことなく、執拗に胸を弄くることだけに没頭する。この状態で触られたら、それだけで爆発してしまいそうだった。今も触れていなくても、先端から溢れ出した蜜が、しっとりと薄くそこを濡らしている。

ティエンに見られたくなくて膝の先を寄せるが、すぐに気づかれてしまう。

「膝を開けと言っただろう?」

咄嗟に閉じそうになる膝に触れる温もりに、驚いて目を見開く。

伸びてきたティエンの手が、高柳の膝に触れている。

「あ……」

「閉じたら、見えない」

指の間には煙草を挟んだままだ。

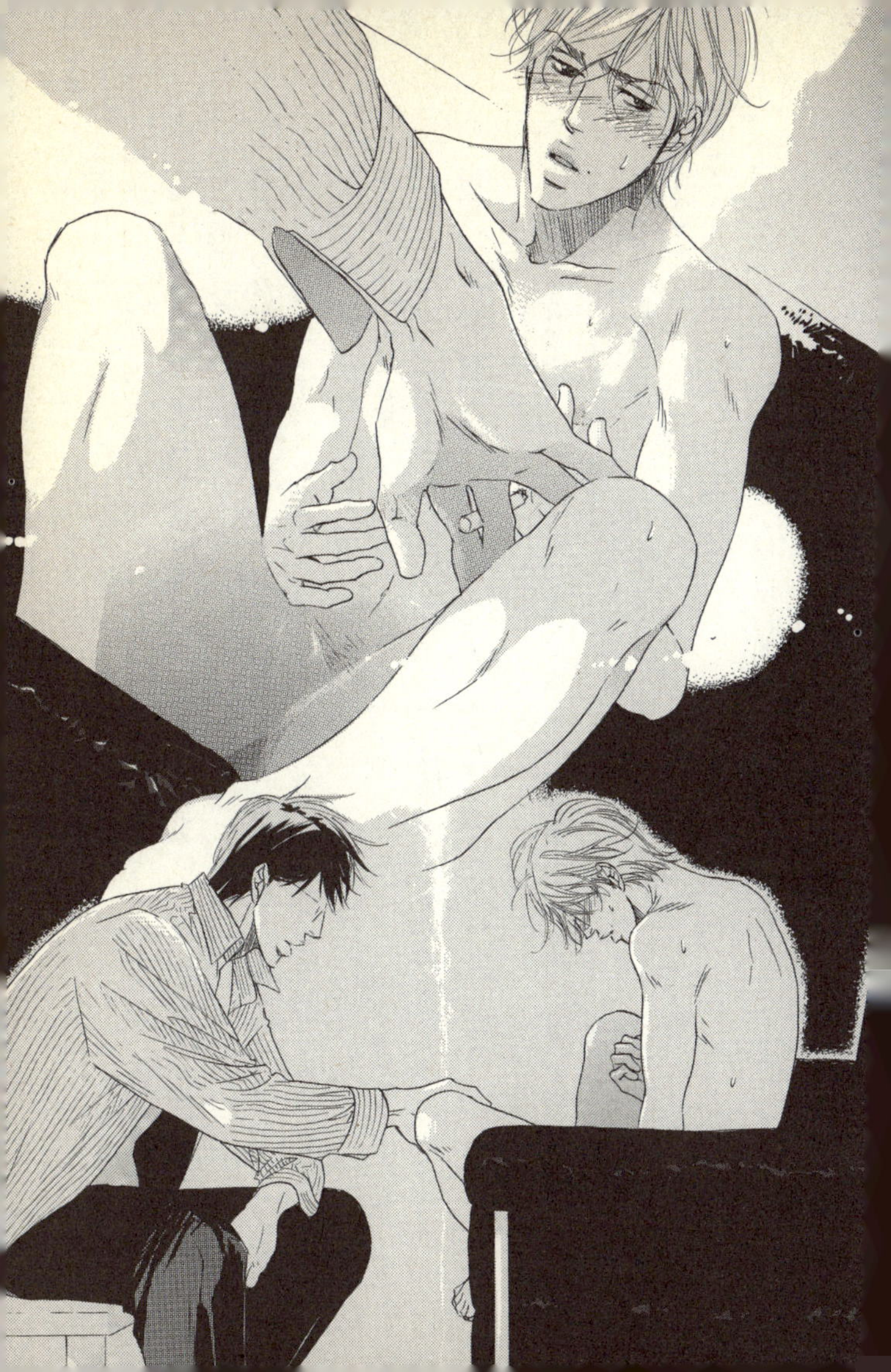

「でも……」

「恥ずかしいなんて、今さら言うのはなしだ。もし焦らそうとしているなら、逆効果だ」

否定しようとしたときにはもう、左右に開かれた足の間から勃ち上がったものが、ティエンの目に晒されていた。

触れていないにもかかわらず、ティエンに見られるだけで、震え、蜜を滴らせてしまう。

その先端部分に、ティエンの指が伸びてくる。触れられると思った瞬間、全身に力を入れて目を閉じた。

が、予想していた感覚は訪れない。

どうしてなのかと恐る恐る目を開くと、ティエンは勝ち誇ったような笑みを浮かべていた。

瞬間、逃げ出したいほどの羞恥に、頭に血が上ってくる。

「……っ」

咄嗟に顔を背けようとしたときにはすでに遅く、煙草を摑んだままの手に顎を捉えられた。

「今、俺に触られると思って期待していたんだろう?」

開いた足の間に、ティエンは体を進ませてくる。

「違うっ」

「だったら、何を思って目を閉じた?」

何もかもわかっていてティエンは高柳に聞いてくる。改めて言葉にすることで、さらに思い知らせようとしている。

「──まあ、今の顔は、これまで見た中で、一番そそる表情だったな」

笑うたび、ティエンの指の間の煙草の灰が、微かな風に揺れて舞う。

「こっちも良い感じに、勃ち上がってきている」

二人の体の間で頭をもたげる高柳の先端を、思わせぶりに指で弾く。

「──っ」

「色気には今ひとつ欠けたが、ま、いいだろう。何も知らない体を俺好みに仕上げていくのも、また楽しいだろうからな」

「え……」

その言葉の意味を確認しようとした高柳の半開きの唇に、煙草とウイスキーの匂いのする唇が重なってくる。

ティエンの左手の指の間にはまだ、火の点いた煙草があった。

(危ない……)

今にも灰が落ちそうだった。

チリチリと頭のすぐ横で燃える炎が気になったが、絡められる舌にすぐに翻弄されてしまう。

性急な求めに胸を押し返したくなる衝動をぎりぎりで堪え、ティエンの舌の求めに応じる。

自在に動くティエンの舌は、高柳自身の知らない部分を探り当て、そこを集中的に刺激してくる。舌先で突かれるのは当然で、撫でられたり吸われたり、時に歯を立てられるとたまらなかった。

きっとティエンは、これまで数多くの女たちを相手にしたに違いない。そしてその巧みな性技で相手を翻弄する。血の臭いのする危ない男は、女たちをさぞかしそそるのだろう。男と違って女は、そういったセンサーに敏感で、怖い物知らずだ。

ある意味高柳は、そんな女たちと同じ感覚を持っているのかもしれない。自分より強い者に傅《かしず》くのではなく、相手にねじ伏せられようとしている。

声を上げたくても上げられず、喉をひくつかせるので精いっぱいになる。

それによって唾液が口から溢れ出し、顎を伝い喉に流れ落ちていく跡を、ティエンの指が追いかけていく。さらにその指を追いかけるようにして、ティエンの唇が移動した。顎を吸い上げ、喉を舌先で嘗めながら、鎖骨に歯が食い込んできた。

「ん……くっ」

薄い皮膚を裂き、突き刺さっていく感覚に、全身の細胞が目を覚ます。蠢《うごめ》くという言葉が当てはまるだろう。まるで生き物のように、疼いてくるのだ。

ぷくりと膨れ上がった胸の突起に、ティエンのシャツの合わせが触れる。そんな僅かな動きですら、今の高柳の体には強烈な刺激となる。敏感なそこを強く擦られて、さらに硬さを増していく。

胸への刺激に夢中になりかけたところで、その手が腰に移動する。

触れられてもいないのにどろどろになった場所を確認するように、優しく、柔らかく触れてくる。

逃げることも、目を逸らすこともできず、指の行方を見守っていた高柳が、甘い吐息を漏らした次の瞬間、きつくそこを握られる。

「痛…っ」

「痛い？　気持ちいいの間違いだろう？」

冷然とした笑いを含んだ言葉が、耳元で紡がれる。

「ティエン……」

痛みがあるのは事実だ。

だが、それ以上にティエンに握られたそこは、どくどくと強く脈打ちながら、堪えられない蜜をいやらしいほどに溢れさせている。ティエンの指すらも、濡らしてしまっていた。

「俺に高く買ってもらえるように、目一杯サービスしてもらおう」

「ああ……っ」

痛いほど力を込められて握られると、先端部分から溢れ出たものがじわりとまた指を濡らしてしまう。

「痛いだけだったら、こんな風にはならないだろう」

乱暴に扱《しご》きながら、ティエンは顔を寄せてきて、濡れた指先をまず舌で嘗め、その位置を僅かに横にずらす。

「……っ」

これまで感じたことのないなま暖かい感覚に、激しい刺激が生まれる。

込み上げる声を咄嗟に両手で堪えた。

「口でしてもらったことがないのか？」

ティエンは高柳を刺激しながら、上目遣いで聞いてくる。

吐息と歯の先端が当たるたび、何かが這い上がっていくような感覚が押し寄せてくる。

何かを訴えようとしても言葉にならない。

瞬きをするたび、目尻に涙が溢れる。あまりの刺激に、我慢ができない。

どうしてこんなに反応してしまうのか。ティエンの舌が、高柳の体だけでなく、頭までも刺激してくる。

「泣くほどいいか」

ふわりと微笑んだかと思うと、また口全体で覆われ、強く吸われる。

「ん……ふ、う……っ」

膝に力を入れ、腰を上下させる。

舌と歯を使い、じわじわと追い立てられ、内腿がびくびく震える。じっとしていられなくて、逃げようと動く腰を、しっかりとティエンの両手に阻まれる。

「この程度でこれだけ濡らしていたら、この先、耐えられないぞ」

喋《しゃべ》るたび、震える唇や舌の感覚に、限界は近づいていた。

「や、ああ……、も……、う……っ」

声を押さえることもできず、溢れる喘ぎをそのままに口にする。

高柳はティエンの髪を掴み、その快感のままにそこをまさぐる。

やめてほしいと言いながら、手はティエンの頭を押しつける。何をどうしたいのかわからず、ただ這い上がる快感に身を委《ゆだ》ねる。

ティエンは口を下肢から離すと、さらに奥に移動させる。しっとりと濡れた道を辿った先には、固く閉ざされた口がある。そこに不意に触れられて、高柳は慌てて体を起き上がらせた。

「何、を……ああ……っ」

馴染みのあるなま暖かいものが、細かい襞《ひだ》に触れているのがわかる。

「や、だ、そんな、とこ……」

「嫌だと言う権利は、お前にはない」

咄嗟に伸ばす高柳の手を振り払い、ティエンはさらに強く舌をそこに差し入れてくる。

「ん……や、ああ……っ」

男とするセックスの仕方を、まるで知らないとは言わない。とはいえ、知識だけで頭で想像するのと、実際にするのではまるで違う。

触れられた場所から、快感が全身に染み渡っていく。足の爪先から脳天まで突き抜けるこんな刺激を、これまでに覚えたことはなかった。

もしティエンに心を見抜く力があれば、きっと高柳のことを淫乱だと思うに違いないだろう。

可能ならば、見せてしまいたい。そうすればきっとこんな歯がゆさを感じることなく、ティエンをその気にさせることができたはずだ。

「あ……」

入り口を開き、中に舌先が触れる。熱い内壁に触れられて、ぞくりと背筋が震えた。

その反応を見て、さらに舌が先に進む。高柳の意思とは関係なしに、異物の刺激でそこは勝手に蠢いている。

「や、だ、ああ……っ」

微妙な場所に舌の先が当たった瞬間、高柳の前がびくっと震え、先端部分からとろりとしたものをさらに溢れさせる。震えは止まらず、今にも達《い》きそうだった。

濁流が押し寄せ、脳天まで痺れてくる。指の先が痺れて、体中が熱くなる。

「もう、やめ……、だ、め……ああ……っ」

終わりは近い。

必死にティエンの頭を押し返そうとするが、そうするとかえって舌の動きは強くなる。一際奥にそれが入った瞬間——。

「や、あ、あああ………っ」

甲高い嬌声のあと、どくんと全身が疼き、腰が弾むと同時に一気に解き放つ。

堪えようとして堪えきれない情熱は、高柳の腹を濡らす。

「………は、ああ……っ」

続いて生まれるのは、脱力感と、羞恥と、自己嫌悪だ。

呆れられているに違いない。

まだ満足に動かせない体に力を入れ、上半身を起こす。と、ティエンは口元ににやりとした笑みを浮かべ、腹に散った高柳のものを指で辿っていた。

「初めてで後ろで達くってのは、かなり優秀だな」

喉の奥で揶揄するように笑いながら、力の入らない高柳の髪に手を伸ばす。

「あ……」

「まだ終わったわけじゃない。今までのは、前戯に過ぎない」

ぐっと腕に力を入れられ、前のめりになった高柳の目の前にティエンのものが導き出される。

「俺がお前にしたように、俺にもしてみろ」

高柳の狼狽《ろうばい》を楽しむように、ティエンは自分の腰を突き出すようにした。

すでにそれは硬く、脈動がはっきりと見える。色も形も何もかも、高柳とは違う。猛々《たけだけ》しいティエン自身に、思わず唾を飲み込む。

「口を開けろ」

開いた口にそれが押し込まれる。

「ん……」

「歯を立てるなよ。飴を嘗めるみたいに、舌全体を使ってみろ」

髪を摑んだまま、ティエンは高柳に指図する。そして言われたように、舌を動かす。息苦しさを覚えるが、それ以上にティエンのものだと思うと、複雑な気持ちが生まれる。

強い脈動と、硬度を増していくのが自分の愛撫ゆえだと思うと、その気持ちは強くなる。

「そう、だ……もっと舌全体を使って俺をよくしろ。自分自身を高く売るために」

微かにティエンの声が上擦っていた。

感じているのかもしれないと思うと、達ったばかりの高柳の体が再び熱くなる。

「人のモノを嘗めながら、自分でも感じてるのか？」

すぐにティエンはそれに気づき、無理な体勢で手を伸ばしてきて、根元から全体を一気に扱いた。

「う、ん……っ」

「口が疎《おろそ》かになってるぞ」

それを楽しむように、さらに強く撫でられる。

すでに一度達っていても、すぐに熱を溜めた高柳は、ティエンの指が動くたび、全身をびくつかせ、口の動きが止まる。何度か続くと、ティエンは高柳の口から己のものを引き抜いて、手の悪戯も終わりにする。

「ティエン……」

「そこに横になって、足を開け」

額に下りた前髪をかき上げるティエンの表情が、壮絶なほどに艶めいてみえる。ぺろりと舌なめずりする様に、体が震えた。

強い眼差しに抵抗できるわけもなく、開いた足の間にティエンの体が挟まってくる。

「あ……っ」

「膝を抱えろ。しっかりと、な」

完全に復活した高柳のものを指先で嬲《なぶ》りながら、舌で解《ほぐ》された場所に、猛った己の先端を擦りつけてくる。

「……ん……っ」

「欲しいんだろう、俺が」

ノックするように突かれるたび、そこがきつく収縮するのが、自分でもわかった。

硬さと大きさに怯みながらも、指で解されたそこは、その先に訪れるだろう快感を欲して扉を開けようとしている。

それも、無理矢理こじ開けられるのではなく、内側から自らの力で。ぐっと先端が潜り込んでくると、一瞬、慣れない感覚に全身が強張った。

「――息をしろ」

真一文字に結んだ唇に、ティエンの舌が伸びてきて、強引に開こうとする。下だけではなく、上の口も、ティエンの思うままになっている。

だがどちらも、すぐには開かなかった。

同じように突かれて、次第に熱を増しながら、貞淑《ていしゅく》な妻を装うようにそっと、微かに開いた瞬間、一気に根元まで突き進んできた。

「ん、あああ……っ」

想像を遙かに超えた衝撃に、悲鳴に近い声を上げる。が、すぐに覆い被さってくる唇に、叫びは呑み込まれていく。でもそれぐらいで、繋がった場所から生まれる感覚が消えるわけではなかった。

体が馴染むよりも前に、奥まで入った異物が、さらに中で体積を増していく。じんじんと疼く内壁は、擦られるたびに激しく収縮した。そこで締めつけると、その刺激でまた体内のティエンが硬くなる。

「ん……ふぅ……っ」

堪えようとしても、堪えきれない声が、重なり合った唇の隙間から漏れる。それを制すように伸びた舌が、高柳の舌に絡みついてくる。

「ん……んっ」

呼吸する間も与えてくれないほどに激しい。舌だけではなく、歯の裏や顎を刺激され、絶え絶えの息が零《こぼ》れ落ちる。

その間にも、体内でティエンが強く脈を打ち、高柳の感覚すべてを支配しようとしている。挿入されたことで萎えかけていた高柳に、ティエンの手が伸びてくる。体を押しつけられるのと指の戯れで、すぐに力を取り戻した。

ぶるっと震えるのを合図に、ティエンの腰がずっと引かれる。同時に、唇が外れ、大量の空気が流れ込んでくる。

「ティエン……」

「動かすぞ」

何をするのかという高柳の目での問いに、眼鏡の下の瞳が微かに微笑みを浮かべたかと思うと、引かれていた分、ティエン自身が奥まで挿入される。

「ふ、う……あ、ああ……痛、い………」

上から突き刺すように、時にねじ込むように、ティエンのものが動き回る。

上下するたびに生まれる、引きつれるような痛みに、必死に頭を左右に揺らし、ティエンの動きを止めようと肩に手をやる。だが、その程度の制止では、まったく意味をなさない。

「よく……締まる」

ティエンは小声でそう言うと、逆に高柳の指に舌を伸ばし、指からも甘い刺激を生む。

「や、ああ……っ」

それでも、ティエンに前を愛撫され、強引に高みへ連れていかれる。ソファの生地に背中を擦りながら、高まっていく熱に感覚が麻痺し、頭の中が一杯になる。

「——とりあえず、一度達かせてやる」

耳朶を噛みながらの言葉の後、強く下肢を扱かれ、ぽんと意識が宙に浮く。

「く……っ」

腰が大きく弾み、視界が霞み——どくんと強い脈打ちと同時に、己自身が解き放たれるのがわかる。

「——……っ」

必死に唇を噛み締めても、駄目だった。

強烈なまでの快感と、下肢を濡らすねっとりとした感覚に、射精したことを知る。

ソファに体を沈ませ、荒い息をする。

耳のすぐ横に心臓があるようで、どくどくという強い脈動が聞こえてうるさい。

「たっぷり出たな」

達成感よりも背徳感や罪悪感にうちひしがれる高柳とは異なり、ティエンは相変わらずの上機嫌だ。口角は上がったままで、眼鏡の下の瞳はぎらぎら光り輝いている。

獲物を捕えた肉食獣のように、生気に満ちている。

それはそれは、憎らしいほどに。

濡れた太腿に手をやって、吐き出したものをすくった指を、ティエンは思わせぶりに舌でぺろりと一度拭ったあと、当然のようにその手を高柳の前に差し出してくる。

「嘗めろ」

「え……」

「お前のもので汚れたんだ。お前が綺麗にするのが当然だろう?」

反対側の手が伸びてきて、強引に上半身を起き上がらされる。

爪の先まで綺麗に手入れされたその指が、自分の吐き出したもので汚れている。それだけで体が内側から熱せられる感覚に、躊躇《ためら》いつつも、おずおずと舌を伸ばす。

けれど、舌が指に触れた瞬間、ティエンに強く摘まれ引っ張られた。

「ん……っ」

アッと思う間もなく、指が口腔内へ侵入してくる。

「う、ふ……っ」

ティエンの指は、自在に高柳の口の中を動き回り、その中を蹂躙《じゅうりん》していく。

舌でするのと同じで、指でも顎や歯、舌を嬲る。

堪えられずに喉を上下させると、行き場を失った唾液が溢れ出す。その唾液の跡を、ティエンの舌が辿る。

顎に、首に……鎖骨の窪みに溜まったのを吸い上げられてしまうと、先ほど達したばかりの下肢にまた熱が籠ってきた。いまだ抜かれていないティエンも、さらに脈を強くする。

「ティエ……」

「そろそろ良さそうだな」

びくっと膨れる胸に、ねっとりと唾液で濡れた指が触れる。ぐるりと指の腹で押して、その指をさらに下方へ移動させる。

勃ち上がりかけたそこには軽く触れるだけで、さらに奥の、二人の体を繋げている場所で止まった。

ティエンのものを含んで目一杯開いた縁を、ゆっくりと撫でられると、細かい襞が蠕動《ぜんどう》する。

「や、……そこ……っ」

「嫌じゃないだろう？　自分のものがどうなっているかよく見るといい」

見るまでもなく、ティエンの指の動きに合わせるように、そこはびくびくと震え、また天を仰ぎ始めている。

たった今、達したばかりなのに――。

ティエンはゆっくり角度を変えながら、指でも縁を撫で回し、高柳の反応を窺っている。

「ティエン……もう、やめ……て……」

あまりの恥ずかしさと情けなさに、逃れようとする。性器だけではなく、ティエンを含んだ場所も、先ほどとは違う反応を示している。

今はまだ、ぎりぎりで引き止めている理性も、すぐに蕩け出してしまうかもしれない。実際、ティエンの動きと熱に、中は溶かされている。

痛いほどに張り詰めていたはずなのに、異物を許容し、まとわりついている。

細かな襞のひとつひとつがそれぞれ熱の粒を持ち、その粒がティエンのもので潰されるたび、どろどろになっていってしまう。

「やめていいのか?」

ティエンは、すべてを見透かしたような表情を見せる。ティエン自身、感じていないわけがないのは、体内にある存在を思えば間違いない。だが、憎らしいほど冷ややかな表情と口調に、自分だけ翻弄されているようで悔しい。

「――駄目」

両手をティエンの首に巻きつける。

高鳴る鼓動と呼吸、紅潮する肌が、三度目の極みが近いことを証明している。

自分から腰を浮かせ、繋がりを深くした。

「もっと……突いて」

胸元に頬を押しつける。

「何も考えられなくなるぐらい、思い切り深くまできて」

開いたシャツから見える胸に唇を寄せ、そっとそこを嘗める。

舌が触れた瞬間、ティエンの全身がびくついて、小さく息を呑むのがわかった。さらに今度は唇全体を押しつけ、そこを軽く吸い上げると、今度は明らかに体内の存在が嵩《かさ》を増した。

「……っ」

ティエンの首にしがみついたまま、頭を上に移動する。チュチュと音を立てながら吸い上げて、鎖骨の付近の柔らかい皮膚に軽く歯を立てた。

「——いい度胸だな」

「痛……っ」

髪を無造作に引っ張られ、頭を引きはがされ、代わりに軽く浮き上がった腰を強く突き上げられる。

「あ、あ、あ……っ」

断続的な動きに、声が絶え絶えになる。

「まだ余裕があるらしいから、たっぷりこれから、楽しませてやる——もちろん、俺も楽しませてもらう」

熱を帯びるどころか、さらに冷酷な笑みを浮かべたティエンは前を強く握ると、残虐なまでのいやらしさでもって、高柳を支配しにかかった。

手始めにティエンは、テーブルの上にある、まだ中身が残っているウイスキーのボトルを掴むと、それに口をつける。唇から溢れた液体が、上下する喉仏を濡らしていく。

「……お前も飲むか？」

乱暴に濡れた唇を手の甲で拭って、高柳に聞いてくる。咄嗟に首を左右に振ると、ティエンは笑った。

「だったら、体全体で飲め」

頭の上から、まるでシャワーのように、ウイスキーが流れ落ちてくる。

「……っ」

その痕を、ティエンの手と舌が追いかけていく様は、それまでがまるで子ども相手になされていたかと思うほど、激しく乱暴で、執拗だった。体の間に挟まった部分に溜まった分は、繋がった場所へ塗り込められる。

「んん……あ、ああ……」

濃厚なアルコールの匂いと刺激が、下半身に直接伝わり、なんとも言えない感覚を生む。むず痒いような痛いような刺激に、堪えられず体を動かそうとしても、がっちりと捕まえられていて自分の意思で動かせそうになかった。

「ティエ、ン……」

その場で悶《もだ》える高柳の姿を揶揄するように、ティエンは挿入するタイミングも角度も変えてくる。ティエンの思うままに、翻弄される。

ぎりぎりまで追いつめられるが、達する前にストップされてしまう。

これ以上ないほど張り詰めた部分を指で摘まれ、気が狂いそうになった。

何度も頭を左右に振って訴える。

「や、も、……ああ……っ」

三度目の射精を促されたとき、理性は消え去った。達けないことが苦しくて、早く頂上までたどり着きたい。

そのためには、なんでも言えた。

「早く……早く、イカせて……っ」

身もだえ、自分から腰を揺らす。

高く掲げ、左右に大きく足を開き、貫いてくるものを必死に締めつける。

ただ、欲しくて、達きたくて、それだけで支配される高柳の姿に、ティエンは言い放つ。

「相当な好きモノだな……」

しかしその声にも余裕はない。

「思う存分、達けよ」

何度目かの解放は、それまで以上に執拗で、長かった。

仰向けの状態から俯《うつぶ》せにされ、ぎりぎりまで張り詰めた先端を摘まれ、何度となく極みを逃した。

「ティエン……」

髪を引っ張られて背後に向かされた顔のすぐ前に、ティエンが顔を近づけてくる。

僅かに紅潮した顔と、ぎらぎら光る瞳。まさに飢えた獣が獲物を蹂躙するときの様子に、体の芯から快感が生まれる。

「俺のことを、愛してるって言ってみろ」

伸びてきた舌が、ぺろりと高柳の唇を嘗め上げる。

「――な」

「言えるだろう、そのぐらい?」

拒否するつもりで首を左右に振ると、ティエンは高柳の頬を痛いほどに摑んできた。

「――あ……っ」

「言えないって言うのか?」

小さく舌打ちして、そのまま凄まじいほどに突き上げられるが、まだ前は解放されない。

「あ、ああ……も、や、……ああ……っ」

無理矢理に項上へ引きずられても、解放は訪れない。

「――っ」

それでもティエンの指の力が一瞬緩んだ隙に、破裂するように解き放ち、体が弛緩する。

きゅっと収縮する下肢の中で、ティエンも引きずられるようにして迸《ほとばし》らせるのがわかる。

「う……っ」

低い呻きのあと、小刻みに体が震える。じわりと中に広がっていく熱の感触に、高柳は小さく笑った。


やっと体が離れたとき、高柳は半ば意識朦朧《もうろう》とした状態で、ソファから離れようとする男のシャツの裾を掴んだ。

「——起きていたのか？」

眼鏡を直したティエンは、怪訝そうな視線を向けてくる。

そして、気づく。ティエンは結局、衣服をすべて脱ぎ去ることはなく、シャツとズボンの前をはだけただけで、さんざん高柳を翻弄したのだ。主導権は、常にティエンにあった。

「——答えを、聞かせて、ほしい」

情けないほどに声が掠《かす》れていて、ほとんど吐息に等しい。

それでも、なぜ自分がティエンの元に訪れたのかは、どうして、彼に抱かれたのかは、忘れていない。

「答え?」

自分を見るティエンの視線はあくまで冷ややかで、表情も少ない。

「僕を買ってくれるか否か。そして、買ってくれるなら、いくら出してくれるのか——」

艶やかな黒髪と、アジア人特有の切れ長で凄みのある瞳からは、強烈なまでの生気と獰猛さが感じられる。

触れたら危ない。わかっているのに、近づきたいと思ってしまう。濃厚な艶と毒を同時に併せ持つ、この男に。

「お前はいくらで買ってほしいんだ?」

唇をほとんど動かすことなく、聞いてくる。

「——一千万」

「円か」

「香港ドル」

一香港ドルが、十四円前後。換算すれば、一億円を超える額だ。ティエンは表情を変えず、高柳の顔を見つめている。

「その一千万ドルを、何に使う」

「君を雇う」

「——俺、を?」

ティエンは目を細めた。

「僕の仕事を上手くいかせるために……君の力が必要なんだ。本当なら、もっと莫大な金額が……でもそんな金額は、僕にはどうしたって手に入れられない。だからその金で君を雇って、君の手を借りたい」

自分で立てた計画を、初めてティエンに打ち明ける。

「――お前の仕事はなんだ?」

「ウェルネス」

その名前に、ティエンは眉を顰めた。

米国の大手スーパーチェーンであるウェルネスマートは、全世界でみても、十傑に入る超のつく優良企業である。

ヨシュアとともに高柳も、ウェルネスの社員である。というか高柳の場合、ヨシュアのコネで入社したようなものだった。

とにかくウェルネスは、米国において出店のない州はすでになく、南米、欧州への進出も成功している。次にターゲットとなったのがアジアだった。その最初の出店先に選ばれたのが、元英国領地であり、文化と人種のるつぼ、香港だった。

東洋人である高柳は、中国系アメリカ人の上司や現地で雇った社員とともにその戦略室に配属され、半年前から香港出店のための準備をしていた。

「ヨシュアの陰謀か」

「違うよ」

忌々しげな様子で紡がれる名前に、高柳はくすりと笑った。

「確かに僕はヨシュアと一緒の会社にいるし、部署も同じだ。君の居場所も彼に教えてもらった。でも、それだけだ。今回のことはすべて、僕の判断で行った」

おそらくヨシュアは、高柳が何をしようとしているかわかっていて、あえて何も聞かず、ただ連絡先だけ教えてくれた。

「まさか、俺にお前のところのスーパーで働けと言うわけじゃないだろうな？」

「違う。頼みたいことは、僕にはできないけれど、多分、君にならできるかもしれないことだ」

「それは、どういうことだ」

遠回しな高柳の言葉に、ティエンの表情が硬くなる。

「ウェルネスの香港進出に、新界地《しんかいち》というマフィアが妨害をしてきているみたいなんだ」

ティエンは開き掛けた唇をゆっくり閉じる。

僅かに顔に浮かんでいた感情はすっと消え失せ、冷淡さが表に出ていた。

「なんで――俺なんだ」

もう一度、先ほどと同じ問いを投げかけられる。だが、明らかに口調も意味合いも異なっている。それがわかっていて、あえて高柳は同じ返答をする。

「君にしかできないことだから」

眼鏡越しの鈍い視線が、真っ直ぐに高柳に向けられる。

放つ光に逃げ出したい衝動に駆られながら、ぎりぎりで堪える。今の自分には逃げる場所はないし、逃げたところで、先は見えている。

「だから、君の出した結論を教えてもらいたい。僕を買ってくれるのか、否か」

「――返事は後だ」

「誤魔化すつもりか」

「違う」

問いつめようとする高柳の顔に、大きな手が触れてくる。

その手は最初に高柳の口を覆い、続いて目を覆われる。その間にティエンはテーブルに置いてある水とともに何かを口に含み、そのまま唇を高柳に押しつけてくる。

「ん……っ」

無理矢理閉じていた唇を開かれ、生ぬるい液体とともに、錠剤が注ぎ込まれる。しまったと思ったときには、強引に呑み込まされ、そのままソファに押し倒された。

水がなくなったあとも、ティエンはすぐには唇を離そうとしない。口腔内を存分に味わったあとで、名残惜しげに離れていく。

「ティエン……っ」

濡れた唇を拭った高柳は、急いで起き上がろうとした。だが、体には力が入らず、代わりに急激に睡魔が押し寄せてくる。

「なんで……僕……」

驚くほどのだるさに、視界が歪む。

目の前にいるはずのティエンの笑顔が左右にぶれ、次第に何も見えなくなる。

「詳しい話は起きてからだ。今話したところで、ろくに会話にならないだろうからな」

そう言ったティエンがどんな表情をしていたのか、睡魔に襲われるようにして寝入った高柳には、まるでわからなかった。

3

ティエン・ライという男は、とにかく目立つ存在だった。

おそらく当時大学に在学していた学生のほとんどは、新入生を含め、彼の顔を覚えていただろう。それほどまでに、印象的な男なのだ。

外見的には、長身で均整の取れた体格だが、決して目立つタイプではない。顔の造作についても、東洋的な細面に目は一重で、造作は綺麗だが、彼を際だたせているのはそういった面ではなかった。

明らかにティエンが他の人と一線を画すものは、ティエン・ライという人間全体から醸し出される雰囲気と、独特の視線だった。

普段は穏やかな表情を見せているが、ふとした瞬間に見せる眼光が鋭く、さらに強烈な艶を放つ。ただの微笑みが誘惑と化し、談笑が駆け引きの場に変わる。

フェロモンを撒《ま》き散らしているわけではないのに、気づくと目で追ってしまう。口元に刻まれるニヒルな微笑みに、背筋がぞくりとした。もちろん、ティエン自身にそんな意図はないだろう。彼にとってはおそらくそれが普通の表情なのだ。だがそんな風に滲み出る色香に、誰もが魅せられてしまう。

みな、自分にその色香が出せないことを知っている。色香を出す理由がわかったとしても、そこに踏み出せないこと。踏み出したくないことも知っている。

ティエンの生きている世界は、自分たちとは違う。「何が」どう違うのかわからなくても、違うことだけはわかる。

生まれた素性、価値観——人間は不思議と、自分と違うものを見抜く力に長けている。場合により嫌悪し、畏怖《いふ》し、憧憬《どうけい》し、遠ざける。

ティエンのすごいところは、異なる自分を自覚し、それを武器にしていることだった。

他の例外に漏れず、高柳もティエンに魅せられた一人だ。

遠巻きにしながら、彼がどこで何をしているか知っていたし、何を見ているか知っていた。なぜならば、高柳がティエンをいつの間にか目で追うようになっていたからだ。

きっかけは、大学二年の夏に起きた。

あの年、うだるような暑さが、ボストン全土を覆い尽くしていた。

日本の夏の、湿気の多いむっとした暑さも独特だったが、ボストンの暑さは、日本人である高柳にとって、一種独特な感覚として襲ってきた。

立っているだけで、皮膚の潤いがなくなり、強烈なほどに喉が渇く。頭上から照りつける強い日射しに、正直、かなり参っていた。

留学して初めて迎えた夏休みだったが、日本に戻る予定はなかった。かといって一人ですることもなく、毎日、大学の図書館で暇を潰す方法を考えて時間が過ぎていくという、平凡で退屈な日々を過ごしていた。

そんな日々が一変したのは、とある日の夜。

たまたま読んでいた本が面白くて、図書館の閉館時間まで居座ってしまった。構内には夏休みのせいで人の姿はほとんどなく、正門まで回るのが面倒で、裏道に入ったとき、どこからか聞き慣れない音がした。

(銃声?)

咄嗟に頭に浮かんだ言葉に、高柳は呆然とした。ボストンは学生街で比較的他の都市に比べれば穏やかで平和だが、まったく事件と無関係な場所ではない。だがいくらなんでもキャンパス内で銃声が響くようなことがあるとは思えなかった。

それでも咄嗟に辺りを見回し、息を潜め、身を隠す。後で考えれば、すぐにこのとき逃げるべきだったのだ。

好奇心は猫を殺す——日本でも有名なことわざを、頭に思い浮かべればよかった。だがうっかりそのとき覗いた好奇心ゆえに、高柳は逃げるということを全く考えなかった。

日本という、銃のないある意味安全な都市で生きてきたため、危険意識が欠落していたのかもしれない。

とにかく息を潜め、音のする方へと足を進める。幸か不幸か鼻が利き、現場であろう裏庭へ辿り着いて初めて、己の浅はかさを思い知ったのである。

吹いてきた風に、木々の葉がざっと音を立てた。他は夜の闇に包まれているのに、そこだけは青白いような白い月明かりに、眩しいほど照らされていた。

さらにうだるような暑さのはずなのに、そこにだけ、冷ややかな空気が流れていた。

用意された自然の舞台の中央に位置するのは、艶やかな黒髪に銀縁眼鏡をかけた、ストイックな印象を放つアジア系の男――ティエンが、すらりとした長身で、端整な顔だちをした男とともに立っていた。

その前には、血の滲む二の腕を抱えるようにして頭を垂れる男が、跪《ひざまず》いている。さらに、数人、黒系の背広を身に着けた男たちが、倒れている。

一目で、尋常な状態でないことは見て取れた。

『――愚かな奴らだ』

聞こえてきた良く通る声は、記憶にあるティエンの声とは違う。おまけに普段使っている英語ではなく、中国語だ。

だが、相手を蔑む威圧的な口調と、冷ややかな視線に、高柳の背筋が冷たくなった。

笑みすら浮かべたティエンは、だらりと地面に伸ばしていた手を、ゆっくり男の頭の高さにまで上げる。その手の中にある物を目にした瞬間、高柳は思わず声を上げそうになって、慌てて堪えた。

鈍く黒光りする鉛の物——それが銃であることは、いくら高柳でもわかった。

先ほどの銃声も、ティエンが発したのか。

男の腕にある傷は、その銃によるものなのか。

実際自分の目で見ているのに実感を伴わないのは、目の前に繰り広げられる光景が、あまりに現実味を帯びていないからだ。

『どうしますか、ティエン様』

背後で腕組みをしていた、長い髪を肩口で結んだ男の声は、まるで機械合成音のように抑揚がなかった。

『さて、どうするかな』

それに対してだろうティエンの声に、意味はわからないが、はっきりと揶揄するような色が混ざる。握っていた拳銃をゆっくり持ち上げ、銃口に軽く舌を伸ばす。

飴でも嘗めるようなその舌の動きに背筋がぞくりと震えた。

『この俺に銃を向けてきたからには、それなりの覚悟ができているだろうしな』

表情も口調も変えることなく、ティエンは男の顔を靴の先で蹴飛ばした。ガッと鈍い音がして、男の体が地面に倒れる。

意味はわからなくても、何を言ったのかは、その行為で想像できてしまう。

だが、それで許すわけではない。

その時、不意に男に向けられていたティエンの視線が、こちらを向いた。

相手が高柳を認識していたわけではないだろう。しかし、その一瞬の鋭い視線は、これまで見たティエンのものとはまるで違っていた。

獣が獲物を捕えたとき、それも飢えているわけではない、ある程度の満腹状態で、獲物が死んでいくのを楽しむような、残酷さが感じられた。

(逃げなくちゃ……)

頭の中にあったのはそれだけだ。

膝がくがく震え、背中をひやりと冷たいものが流れ落ちていく。急激に口の中が渇き、ただ、足がその場から逃げようと動いていた。

できるだけ音を立てないように、息すらも殺したのは、自分でも偉いと思う。

あとはまさに脱兎のごとく走り出した。ただひたすら、走った。

心臓が張り裂けそうになりながらも、とにかく走る。少しでも、遠くに、少しでも、速く、ティエンの目から届かないところに行きたかった。

駅前まで辿り着いて人工的な照明と雑踏を感じてようやく、我に返った。

足を止めた瞬間、激しく咳き込んだ。激しい呼吸と、苦しいほどの心臓の動悸が、しばし治まらなかった。

苦しい息の中、胸に宿ったのは、恐怖という生易しい感情ではない。

それまでも、他の人間とティエンという男の違いは意識していた。ティエンからは、強烈なまでの非情さが感じられた。

たとえて言うならば、笑いながら人を殺せるような、そんな感覚——高柳には、人を殺すという行為すら想像もできない。だが、ティエンには、やけに似合うように思えていた。

超えてはならないライン、それがおそらく、人の生命を断ち切ること。そのラインを超えた人間とそうでない人間。実際断ち切ったか否かではなく、その行為が「当たり前」の世界にいるかいないかということ。

誰もティエンの素性は知らずにいた。中国系アメリカンで、かなりの金持ちだということは噂に聞いていた。だが、実際にどんなことをやっているのかは、誰も知らない。人当たりのいい笑顔を見せていながら、誰も自分の懐には入れない。

笑いながら、他人を突き放す。

ふとした瞬間に見せられる冷たさに、誰もが距離を置いてつき合っていた。踏み込んだら、「大変なことになる」。

自分の命の大切な人は、無意識にそれを感じ取って、必要以上に近寄らないようにしていた。

高柳とて同じだ。それなのに——「見てしまった」。

おそらくほとんどの人の知らないティエンの秘密を、知ってしまったのだ。

下宿に戻ってからも、脳裏からティエンの表情は消えてなくならなかった。背筋がぞくぞくするほど凄絶《せいぜつ》な笑みは、高柳自身気づかなかった何かを刺激したのだろう。

気づけば全身が熱くなっていた。

急いでシャワーを浴びてもその熱は去らなかった。それどころか、忘れようとすればするだけ下肢は熱くなっていく。

目を閉じれば瞼の裏にその表情が浮かび、目を開いても、先ほど見た光景が消えてなくならない。

網膜に焼きついたティエンの笑みを思い浮かべながら、そろそろと下肢に手を伸ばす。指が触れた瞬間に、全身に電流が流れたような刺激が広がっていく。

（なんだ、これ……）

普段する自慰よりも強い快感が、そこから生まれている。

拳銃を手にしたティエン。彼の鮮烈な姿が、彼の瞳が、強烈なまでに高柳を支配している。

自分の指が、男の長い指に変わる。その指に、強く握られる。先端部分を軽く抉《えぐ》るようにして指を突き立てられ、根元まですっと擦られる。

これまでにする自慰とは比べ物にならないほどに、感じている。

理性を溶かし、思考を溶かし、体を溶かす。細胞までもが形をなさなくなりそうなその感覚に腰が蠢き、内腿が震える。

どうしようもない衝動に頭の中が真っ白になり、喉の奥が急激に渇いてくる。撫でるだけではたらず、指がそろそろと後ろへ移動していく。

ろくに触れたこともないその場所を、指先が慣れたように動いた。

（そんな……っ）

高柳自身、動揺していた。

自慰なのに、自慰でない。夢を見ているはずなのに、リアルな感覚が頭だけではなく、体中を襲ってくる。夢とうつつの境目が、ゆっくりと訪れる。

「あ……っ」

漏れる甘ったるい声に、はっと目を見開いた瞬間——見慣れない天井が飛び込んできた。

高い天井は継ぎ目がまったくなく、色は真っ白で、つり下がった照明の明かりを、眩《まぶ》しいほどに反射していた。

体をすっぽりと包む柔らかい感触は、真っ白なシーツに覆われたベッドのスプリングだった。

「——夢……？」

声を発しようとして、強く咳き込む。起き上がろうとしたが、体にまったく力が入らなかった。おまけに全身からアルコールの匂いがして、肌がべたついた。

喉の奥にも何かが張りついているような痛さを覚え、そのまま口を閉じる。

子どもの頃、運動会で必死に叫んだ翌日に、こんな感覚を味わった。どうして、こんな声になっているのだろうか。

ぼんやり考えながら、ゆっくりと霞んでいた頭がはっきりしてくる。

そして、自分が素っ裸の状態で、ベッドに横たわっていることに気づく。全身、ひどくだるくて重たい。体を動かそうとした瞬間、腰に激しい痛みが生じる。

「痛……っ」

指の先まで突き抜けるその衝撃に、そのまま動きが止まる。

(……なんだ、これ……)

痛みだけではない。全身に驚くほどの倦怠感が広がり、指一本動かすことすら辛い。

さらに自分のいる部屋は、淡い白を基調にしたモダンですっきりとしたデザインに仕上げられている。寝ているベッドは広く、両手を伸ばしてもまだ余裕があった。

「――僕、は……」

頭の中はどこか霞みがかかったようで、物事がはっきりと思い出せない。

「昨日、僕は……」

何をしていたのか。

順を追って記憶を辿る。

目覚めたのは七時。それからいつものように朝食を済ませ、会社に出社した。

それから……。

『とりあえずは、試してみてからだ』

間をすっ飛ばしてふっと鼓膜を揺らす声に、全身に震えが走り抜ける。

『俺に高く買わせたいのなら、お前の精いっぱいで、誘ってみろ』

薄い唇に刻まれる酷薄な笑み。

『まだ余裕があるらしいから、たっぷりこれから、楽しませてやる——もちろん、俺も楽しませてもらう』

「あ……っ」

痛みを堪えて体を起き上がらせ、己の肌を見つめる。

胸元、脇、腹。

指をそこに這わせると、もどかしい感覚に、肌がざわついてくる。上半身だけではなく、内腿にも、虫刺されのような赤い痕が点在している。

さらに全身に残る倦怠感に、局部を中心とした痛み——。

「ん……っ」

膝を立てると、とろりとしたものが、そこから溢れてくる。そろそろと手を伸ばしかけるものの、それに触れることなしに握り締める。

ここに、あの男が触れた。ここにあの男のものを銜《くわ》え込んで、自分は声を上げた。

夢を見ているのかと思った。だが、夢ではない。肌全体に、ティエンの感覚が鮮明に残っている。

『もっと……突いて』

はっきりと自分が口にした言葉を思い出した瞬間、全身に震えが走り抜ける。

(僕は、ティエンに……)

ティエンの元を訪れたのは、ウェルネスを守るためだ。

本来なら、ヨシュアに電話をするよりも前に、本社に連絡を入れるべきだった。だが、その前にまだ、自分にできることがあるはずだと、高柳は信じて疑わなかった。

そこで浮かんだのが、ティエンだ。

大学卒業後、まったく連絡を取っていないその男のことを思い出したのは、彼が香港の出身だったから。さらに、マフィアともなんらかの関わりを持っていそうなティエンならば、今抱えるウェルネスの厄介事を、排除してくれるかもしれない。もしかしたら、会社が必要とする資金も提供してくれるかも知れない。今考えれば、実に都合のいいことばかりを考えた。

ティエンが今この瞬間香港にいるのも、運が自分に味方をしているからだ。そう解釈し、浅はかだが、彼に協力を求めるための計画を練ったのだ。

ティエンのことだから、一筋縄でいくわけがない。そのため、いくつかのパターンを考えた。

その中で今回の方法を選んだのは、彼が自分を見ていた事実を覚えていたからだった。

高柳がティエンを目で追っているのと同じように、ティエンも自分を目で追っていたのを知っていたからだ。

気づいたのは、二年の夏以降だ。頻繁にティエンと目が合うようになった。それも、一度や二度ではない。数えたことはないが、卒業するまでの期間で言えば、その数は三桁に確実に上るだろう。互いに互いを追っているのなら、それも当然のことだと言えた。

このことは、高柳にとって、まさに切り札だった。

ティエンがどういった意図で、自分のことを見ていたのかは知らない。しかし、彼をかまにかけるため、こちらの話に食いつかせるため、興味を持たせるためには、突かれて一番嫌なところを刺激するに限る。

おそらくティエンにとってその話は、触れられたくないことに違いない。高柳も同じだった。なぜ追っていたのかと問われれば、答えに窮する。自分ですら答えを知らないことは、人にも説明できない。

大学時代、数多くあったティエンの噂の中には、彼が男とつき合っているという噂もあった。けれどそれ以上に、彼女の噂の方が多かった。

正直なところ、今回のことは、賭けの連続だった。

マンションに入る段階から、賭けだった。

自分を買ってくれと言ったところで、実際買うか買わないかはともかく、話自体に食いつくかどうかは、一か八かの賭けだった。

そして――結果はこうだ。

四年間、同じキャンパスで過ごしながら、ろくに言葉を交わさなかった。

手に届くところにいるはずのなかった相手。自分からは一番遠くにいたはずの男。大学を卒業したのちは、二度と会うことはないと思っていた。

その男が、自分を抱いた。

艶やかな黒髪。

深く、鋭い光を放つ黒い瞳。

服の上からでもわかるその均整の取れた体つきは、当時となんら変わらなかった。そして思っていた以上に、熱く、執拗で、強引な男の腕に抱かれ――何度も達してしまった。抱かれて、悦びの声を上げている自分がいた。

「……っ」

込み上げる感情をぐっと堪え、手を握る。

ティエンはどこにいるのか。直接確かめねばと、ベッドから起き上がろうと、痛みを堪え足を絨毯《じゅうたん》に下ろす。

その瞬間、体の中のものが零れ落ちてくる感覚に眉を顰《ひそ》めながら、くっと唇を噛み締め、手近にあったシャツを手にした。

「これ……僕のじゃない……」

袖を通してみると、全体に大きかった。ふわりと掠める香りはティエンのものだった。おそらく先ほどまで、身に着けていたシャツだ。このシャツを着たまま、ティエンは高柳にのし掛かってきていた。

条件反射のように思い出される刺激に、体の奥で何かが疼く。

(何を考えてるんだ、僕は……余計なことを考えずに、今は……ティエンを探そう)

咄嗟に頬を叩き、音を立てないように扉を開くと、長い廊下があった。真っ直ぐ行った先に見えるのは玄関フロアだろう。廊下に足を踏み出すと、微かに人の気配と声が聞こえてきた。どうやら場所は、昨夜、情事の場所となったリビングのようだ。

『——ふざけるな!』

空気を引き裂くような罵声《ばせい》に、高柳はびくりとして足を止める。自分が怒鳴られたのかと一瞬ひやりとするが、どうやらそうではないらしい。

聞こえてきたのは、ティエンの話す広東語だった。乱暴な口調だが、良く通る声だ。独特の響きと微かに混ざる吐息が、一度聞いたら忘れられないような、実に印象的な声を生み出している。

高柳は、広東語を大学時代に覚えた。

きっかけは、ティエンの秘密を知ってしまったこと。

およその場面はわかっていたが、あの場面でティエンがなんと言っていたのか、知りたくてしょうがなかった。

実際に勉強を始めるまでには間が空くものの、根底にはずっとそれがあった。

その後、広東語の会話ができることで、ウェルネスのアジア戦略部に配属され、今、この場にいる。不思議な縁だと言えるかもしれない。

『落ち着いてください』

先ほどの言葉に呼応する声は、やけに金属的だった。熱や人間味の全く感じられない、ティエンとは質の異なる冷ややかな声――そこまで認識して、その声の主が、部屋に訪れた男だろうとわかった。そしてその男こそ、高柳が大学でティエンの秘密を知ったとき、そばにいた男だ。先ほどはすぐにわからなかったが、今になってようやく一致する。

二人がいるのは玄関から入ってすぐの部屋で、僅かに開いた扉から中の様子が見えた。

こちら向きのソファに座ったシャツに、パンツという格好のティエンが、足を前に投げ出した格好で座っていた。手前側には、中華服の男がこちらに背を向けて座っている。

二人の口調は穏やかではない。ティエンは明らかに怒っている。対する声は、ティエンを懸命に宥《なだ》めようとしている。

何がどうしたのか。他人の話に首を突っ込んではならないと思いながら、芽生えてしまった強烈なまでの好奇心から、その場を離れることができない。

『ゲイリーの奴……大人しくしていれば、今のままの生活を満喫できるものを……どこでそんなことを思いついたのか。先生、あんた近くにいたくせに、何も知らないのか？』

口の端に煙草を銜えたまま、苦々しげにティエンは『ゲイリー』という名前を口にする。

(ゲイリー？)

『あいにくと、ゲイリー様も小さな子どもではございませんから、始終監視しているわけにもいきません』

先生と呼ばれた男は、突き放した口調で返す。

『が——風の噂に聞いたところでは、どうやら背後に、余計なことをゲイリー様の耳に入れた方がおいでになるようです』

声が低くなり、微かな感情が混ざる。

『どこのどいつだ、それは』

『王《ワン》氏——です』

(え……っ)

先生の口から飛び出る名前に、高柳は声を上げそうになった。

王氏——表向き、香港流通業界の長と呼ばれ経済界のトップとして名前が通っている。

ウェルネスが香港に進出する際、まずチェックを入れた会社だ。

挨拶を済ませ、事前の協定を済ませた。

にもかかわらず、いざ実際土地の所有と出店計画を実際に起こそうとしたところで、表立ってはいないものの、思い切り妨害をしてきた。

つまり、買収しようとしていた王氏の息の掛かった企業や土地の所有者すべてが、難色を示してきたのである。

さらに、香港で雇ったスタッフも皆、理由も告げずに辞めていった。

当初はその理由がわからずにいたが、どうやら、香港マフィアである新界地の関わる企業であることがわかった。直後新界地が、いくつかある香港マフィアのうち、黎《ライ》一族と呼ばれるマフィアに継ぐ二番目に位置する勢力を持つと知った。そしてさらに、王氏こそ、新界地の黒幕であることも、なんとなくわかってきた。

それでもその事実がわかってからも、しばらくのうちは、上司は自ら買収相手と掛け合った。しかし、まったく聞き入れてもらえず、金額のみ吹っ掛けられた上に、毎回聞く度、金額が異なっていた。

それだけではなく、契約していた土地造成の企業も手を引き、新たな企業と契約しようとしても、すべてが首を縦に振らなくなった。

この頃には、新界地がウェルネスに妨害工作を仕掛けていることは、周知の事実になっていたらしい。それにより、誰もが新界地を敵に回すことを拒んだのだ。

だからといって、何もしない前に、香港支店を諦めることはできなかった。それは、高柳だけでなく、上司も同じ意見だった。新界地が介入したところで、まだ方策はあるはずだ。だったら、新たな対策を練らねばならない――そう話をしていた上司が、昨日、事故に遭い、突然に入院する羽目になった。

連絡をもらって高柳は慌てて病院へ駆けつけた。命に別状はないものの、肋骨を数本折るという重症だった。

いつも明るく前向きな上司も、さすがに落胆の色は隠せなかった。怪我の原因を尋ねると、ただの事故だと言った。しかしその後、驚くべきことを口にした。

『もうこの件は諦めた方がいい』――と。

『どうしてですか。つい昨日まで新界地が介入してもまだ方策はあるとおっしゃっていたのに』

掌返しとしか思えない上司の言葉の意味が、どうしても納得できなかった。

すると、上司は言った。

『納得できなくてもいい。だが、リュウを怒らせたら、俺たちは生きていけない』

『リュウって、なんですか』

高柳は問いつめたが、その後上司は、貝のように口を固く閉ざしたまま、それについてだけでなく、どんな言葉も発しなかった。

世界各地にいる中国系のネットワークは幅広く、特にマフィアの絆や力は強いらしい。日本人である高柳にはわからない何かが、それこそ『リュウ』という言葉にはあるのだろう。

そう思うしかなかった。

『あのひひ爺、まだ生きてるのか』

ティエンの声色には、揶揄の色が混ざっていた。

『耄碌《もうろく》して、俺が香港を出る際、うちの下で大人しくやっていくと忠誠を誓ったことを、忘れたのか？』

『――少々お待ちを』

改まった口調になった先生はおもむろに立ち上がると、結んだ長い髪をゆらりと揺らしながら、颯爽《さっそう》とした様子で、こちらにやってくる。

（あ……っ）

体の向きを変えたときにはもう、遅かった。すぐに扉は開け放たれ、寝室へ戻ろうとした方角に先生が立ちはだかっていた。

「――盗み聞きとは、感心しませんね」

先ほどとなんら変わらない抑揚のない声と、壮絶なまでの美麗な顔に僅かに滲む怒りの表情で紡がれる英語に、高柳は腰を抜かしそうになった。

「気づいてたのか、先生も」

背後から笑いながらティエンがやってくる。

「――ご存知だったのですか」

「当然」

にやりと笑う。

「ならば、なぜすぐに追い払わないのですか。部外者に聞かせる話ではありません」

先生はぶきらぼうに言って、肩に置かれるティエンの手を振り払う。

「どうせ何を喋ってるかは、わからないだろうと思って」

ティエンの言葉に先生は大きなため息を漏らす。

「何を喋っているのかがわからなければ、こうして息を潜めてまで、私たちの話を聞かないでしょう?」

先生の指摘に、ティエンは高柳に視線を向けてくる。

「なんだ。理解できるのか、広東語」

気まずい空気の中で、嘘をつくわけにもいかず頷くと、先生は「ほら」と言った目をティエンに向けた。

「それならそれでいい。こいつ、どうやら部外者じゃないらしい」

「え……?」

驚きに声を上げるのは、先生ではなく高柳の方だった。そんな高柳に向かって、ティエンは手を伸ばしてくる。

「挑発的な格好だな。まだやりたりないのか?」

その指摘で、自分の格好に気づく。ティエンのシャツを羽織っただけで、下着も着けていないのだ。おまけに立てた膝は開き加減だったので、慌てて足を閉じる。

「とりあえず、立て」

伸ばされる手に自分の手を預け、引っ張られるようにして体を立たせると、そのままティエンの胸元に引き寄せられていく。

「ティエン……っ」

「世の中、そんなに甘かねえな」

耳殻を噛みながら揶揄する声に、高柳は慌てて胸を押し返すが、そうすると今度は自分を見つめていた先生と目が合ってしまった。

行為が始まる前、この男はリビングを訪れていた。その後ずっと、話が終わるのを待つと言っていた。ということはつまり、高柳の発した恥ずかしい声をすべて、聞いていたかもしれない——それに気づいた瞬間、全身が恥ずかしさに紅潮してくる。

「この方が部外者じゃないというのは、どういう意味ですか？　私にわかるように説明してください」

しかし、高柳が意識するほどに、先生は大して気にも留めていないらしい。

「説明しようと思っても、俺もまだ全貌はわかってない。お前、昨日の夜に言っていた話を、改めてわかりやすく俺とこっちの先生に説明してくれないか」

「先生？」

「私は劉光良《リュウグオンリョン》と申します。初めまして」

「リュウ……？」

その響きに、高柳はびくりと体を震わせる。

「俺の子どもの頃からの世話係みたいなものだ」

ティエンの説明に、一瞬浮かんだ感情は堪え、高柳は自分も頭を下げた。

「高柳智明です」

「タカヤナギ……？」

今度はその名前に、先生がティエンに視線を向けるが、彼は何も答えようとはしない。

「ご説明を頂く前に、着替えをされた方がよろしいでしょう。私はともかく、こちらの獣がいつ牙を剝き出すかもわかりませんから」

獣――とは間違いなくティエンのことだろう。ちらりとそちらを見た先生の指摘に、高柳は慌てる。

「……すみません。すぐに着替えて……」

「お前のスーツはクリーニングに出した」

急いで寝室へ走ろうとする高柳の背中に、ティエンが言った。

「そうしたら、着る服が……」

「今はとりあえず、シャワーを浴びて来い。その間に、お前の着られそうな服を適当に用意しておいてやる」

「……すみません。お願いします」

羞恥と情けなさに満ちた高柳には、頷く以外、なかった。

4

風呂から上がったあと、高柳はティエンの用意してくれたシャツとパンツに着替える。

当然のことながら、身長も体格もティエンとは異なる。そのため、袖も裾も長い。おまけに、部屋着にもかかわらずタグにあるブランド名に、袖を通すのを躊躇《ためら》ったほどだ。とはいえ、他に着る物もない以上、この服を着るしかない。

二人の待つリビングに入って驚かされたのは、昨夜ベッド代わりに使われていたソファが、跡形もなくなっていたことだった。当然のことながらソファだけでなく、リビングセット一式、新しい物に代わっていた。

どうしてなのかを確認するだけの勇気は、高柳にはない。

「ここに来い」

後ろめたさと恥ずかしさの混在した気持ちで、促されるまま、ティエンの座っていた三人がけのソファの端っこに腰を下ろした。

そして、今回、香港で起きているウェルネスの仕事に関する出来事のすべてを話した。

ウェルネスのアジア進出から、上司の事故まで、とにかく今は正直に何もかもを明らかにすることが、解決への早道だと思った。というか今の高柳には、すべてを話す以外、他の選択肢は存在しない。

「――これが、話のすべてです」

その間、先生はもちろん、ティエンもじっと基本的には黙って聞いていた。しかし、上司の言った言葉、『リュウ』のところで、ティエンは先生と二人で意味ありげに視線を交わした。

「僕には上司の言葉の意味がわかりません。確か先生は、リュウさんというお名前でしたよね？何かこの『リュウ』という言葉に、心当たりはありませんか？」

だから率直に尋ねると、先生は気分を害すことなく、ただくすりと笑った。

「確かに私は劉です。ですが、この場にはもう一人、リュウの名を持つ人間がおります」

もう一人――高柳でない以上、ティエン。

「ティエン様の本当の名前は、黎天龍《ライティエンロン》といいます。ティエンは天。龍はあえて発音しませんが、本来ならティエンロンと申します」

「天の龍――」

高柳はその言葉を繰り返す。天龍という響きは、驚くほどにティエンに似合っている。

大学時代、ティエンが中国系アメリカ人だと知ってはいても、流麗な英語や普段の生活態度からは、まったく「中国系」という部分を感じなかった。

周囲に中国語を操る人間がいなかったせいもあるかもしれないが、良い意味でも悪い意味でも、ティエンはアメリカに溶け込んだアメリカ人に思えていた。

けれど香港という土地にいるせいか、それとも隣にいる先生のせいか、改めて見るティエンからは、明らかにこの土地の匂いがする。

「それから、人の名前ではなく、何よりも中国人の生活と密接な関係のある『リュウ』があります。私たちにとって『リュウ』という言葉には、非常に深い意味が含まれます風水という言葉を知っていますか？」

「――確かこのマンションの大きな穴も、そのせいで出来たって話ですよね？」

香港の高層ビルがそれぞれ変わった形をしているのも、風水のためだという。さらに高級住宅地が山際にあるのも、そのためだという。香港で仕事をする上で必要だろうと、少しだけ勉強した。が、正直、よくわかっていない。

「そのとおりです。本来、風は『気』を散らし、水は『気』を集めると言います。これが風水の原理です。このふたつの性質の通路を『龍脈』と呼びます。つまり龍脈とは、大地のエネルギーの通り道のことを指します」

頭に浮かぶのは、伝説の龍がうねる姿だ。

「そこから発展して、『龍』という言葉は、山のうねりや土地の形状のことも指します」

「方角を示す、東の青龍とかしか知らなかったです」

確か東の青龍、西の白虎、北の玄武に南の朱雀。日本にも、それにちなんだ土地がいくつもあるはずだ。

「それも同じ考えが元になりますが、要するにエネルギー、つまり龍を発する場所である山が大きければ、強いエネルギーを発します。龍は山で起き、走ります。でも地のエネルギーの強い場所で、走るのをやめます。このことを、水を飲むために休むというのですが、地のエネルギーの強い場所を『穴』と呼ぶのです」

漠然と頭に浮かぶ光景がある。

「……もしかして、このマンションの穴って……」

「はい、穴、です」

高柳の言葉に、先生は微笑みを浮かべる。きつかった印象が一気に柔らかくなり、優しさが生まれる。

初めてこのマンションの穴の話を上司から聞いた際に、とんでもない話だと思った。たかが『占い』――高柳の理解において、風水は中高生がやる占いみたいなものだった――により、最初から計画していればともかく、出来上がった物に穴を空けるということは、構造上、安全なのかどうか、と。

だが、一夜漬けの知識ではなく、子どもの頃から生活に染みついている人間の説明だと、不思議なほどに納得できる話となる。高柳の認識としての『占い』とは、まるで違うのだ。

「近世最高の風水師と呼ばれる方がいらっしゃいまして、その方のご指摘で、穴を空けることとなりました。実際それ以降、この建物はあらゆる災害から絶対的に守られ、観光地としても有名になりました」

「そうなんですか……」

高柳は大きなため息をついた。

海外で生活していようと、高柳はしょせん、ほぼ無宗教で育った、ごくごく一般的な日本人にすぎない。生活や価値観の根底にある宗教や思想について、あまりに軽々しく考えていたことを反省する。そして、はっとする。

「もしかして、僕らが買収しようとしていた土地や建物に、その風水の影響があって、龍が暴れるとか、そういう危険があるということでしょうか」

「それはない」

説明は先生に任せ、煙草を吹かしていたティエンは、高柳の意見を否定する。

「どうしてそう断言できるんだよ」

ティエンの言い切る理由がわからず、ついムキになってしまう。

「お前の上司は中国系なんだろう？　だったら、事前にそういったことを考えていないわけがない。絶対、お前の知らないうちに、風水師に判断してもらっているはずだ」

「確認していないのに、どうしてそう言える？」

「そうしないと、ここでは何も出来ないからだ。大きな事業の場合は特に、な」

どこか小馬鹿にしたような口調にむっとするものの、おそらくティエンの言うとおりなのだろう。だから、反論できない。

「ティエン様。私が思うに、やはり……」

先生が口を開きかけたところで、どこかで携帯電話の呼び出し音が聞こえてくる。

「すみません。どうやら私のようです」

先生は持参してきただろうアタッシェケースを開き、中から携帯電話を取り出す。そして表示画面を確認して微かに眉を動かした。

「ゲイリーか」

「どこかで私がティエン様と一緒にいるのを、ご覧になっているのでしょうか」

ティエンの質問に、先生は僅かにむっとした様子で応じる。

「ここへはなんと言って来たんだ？」

「風水関係の仕事があるから、と。もちろん、レパルスベイに来ることは話しておりませんし、ティエン様がお戻りになられていることは、一切お話ししておりません」

「黙っていたところで、明日明後日には、向こうの耳に入るだろう。何しろ狭い場所だ。どこで誰が見てるかわかりゃしない」

ティエンはふっと自虐的に笑う。

「——私はとりあえず、一旦戻ります。近日中には、高柳様からお伺いした情報について、なんらかのご報告ができるかと思います。ですからティエン様。王氏のことも含め、明確に事態が判明するまでは、決して動かないでください」

「人のことを呼び出しておいて、蟄居《ちっきょ》を言い渡すのか、あんたは」

「仕方がありません。私は貴方様のことを、お母様より頼まれておりますので」

先生は子どものようにふて腐れた様子を見せるティエンの前に戻り、ティエンの頬をそっと撫で、軽く口づける。その行為に高柳は目を瞠《みは》るものの、ティエンは眉ひとつ動かすことなく、平然と受け入れていた。

「アメリカにおいでになる際には口うるさくできないのですから、香港にいるときぐらい、私の言うことを聞いてください」

「はいはい、聞くだけは聞いてやるよ。守るかどうかは保証できないがな」

「――高柳様」

ティエンを説得するのを諦めただろう先生は、矛先を高柳に向けてくる。

「『リュウ』のことを含めまして、貴方様の会社の問題につきましては、私がお調べいたします。ですからどうか、私の不在の間、ティエン様を見張っていてください」

「……はあ……でも、僕、いつまでもここにいるつもりはないんですが……」

「何を言ってるんだ、お前は」

高柳の言葉にティエンが反応する。

「何って……僕は香港にマンションを借りているし、明日も仕事に行かないと……」

「お前は自分の立場を忘れたのか」

「立場……？」

「俺に自分を買えと言っただろう？　そんな立場で、当たり前の自由があると思っていたのか？」

「——そんなことになっていたんですか？」

さすがに先生は、少し驚いた様子で眉を上げる。

「ちょ、ティエン……先生がいるのに……」

「誰がいようが関係あるか。とにかくお前は俺に自分を売った。ということは、所有権は俺にある。つまり、お前の行動は、所有者である俺に支配される」

他人がいようがいまいがティエンには関係ないらしい。先生もやれやれと肩を竦めるだけで、ティエンの言葉を止めようとはしない。

「た、確かに僕は、君に買ってくれとお願いした。それは事実だ。でも君からは、試してからだとか、話は後だとか言われて、ちゃんとした返事をもらっていない。ということは、君はまだ所有者じゃないはずだ」

「——ったく……」

前髪をざっとかき上げたティエンは、低い声で唸ったかと思うと、その手を高柳に向かって伸ばしてきた。シャツの胸倉を掴み、そのまま強く高柳の体を引き寄せる。

何をするつもりなのかと思うよりも前に、高柳の唇に、ティエンの唇が押しつけられていた。

それも、触れるだけの甘いものではない。唇の隙間からすぐに舌を差し入れてきて、深い場所で絡められ、激しく口腔内をまさぐられる。

「――っ、――――っ」

乱暴で強引なキスに、必死に高柳は抵抗した。すぐそばには、先生もいる。プライドなど、すでに踏みにじられている。だが、羞恥心までは捨て去っていない。だから懸命に舌から逃れ、さらにティエンの腕から逃れようと、両手で胸を押し返そうとした。

だが、あまりに体格と力が違い過ぎる。

昨夜、シャツの合間から覗いただけの胸元は鍛えられた筋肉で覆われていた。一方高柳の体は、あまりに華奢《きゃしゃ》だ。学生時代の無精を今悔いたところで始まるものではない。当時はまさか夢にも、同じ男に、こうしてキスされるような事態に陥ることなど、想像もしていなかったのだから。

決死の努力も、腰に回ったティエンの腕がシャツの裾から肌に触れ、背中をさするように撫でた瞬間、膝の力が抜け落ちそうになったところで終わりを告げる。

堪えようとすればするだけ、かえってティエンに体を擦りつける格好になってしまう。逃げられないように顎に手を添えられ、執拗に続くキスが、次第に甘さを帯びてくる。昨夜の情事で生まれた熱は、完全に鎮《しず》まったわけではないことを、そのキスで思い知らされる。

舌の裏側をしつこく突かれているうちに、抵抗が弱くなる。

「ん……」

時折溢れる声も甘さを増してきたところで、唇が離れていく。

「もう一度、やるか?」

にやりと笑うティエンの言葉に、高柳の頭に血が上る。頭で考えるより先に、振り上げた手を放っていた。

バチンと渇いた音がして、高柳の掌にジンジンと鈍い痛みが広がっていく。その手はティエンの頬を叩いていた。

「痛いな……ったく」

ティエンは、叩かれて赤く染まっていく頬に手をやり、眉を上げる。

「当たり前だよ、叩いたんだから」

後から芽生えてくる罪悪感に申し訳ないと思わないではなかった。だがそれ以上に、ティエンに頭にきていた。

「もう一度やりたいって言うなら、僕の頼みに応じるか否か答えてからだ。僕を買った後だったら、いくらでも抱かれるし、部屋に閉じこめられても、何をされても文句は言わない」

「何をされても——か?」

不敵な笑みに、背筋がひやりと冷たくなる。言い過ぎたかもしれないと思ったときにはもう後の祭だ。だからといって、引き下がるわけにはいかない。

「――何をされても、だ」

だから、ティエンの言葉を繰り返す。その高柳の返事を聞いて、ティエンは頷く。

「一千万――だったな。お前の要求した額は」

「……そうだ」

「その程度の額で、俺が雇えると思うのか？」

「なんの話ですか、雇う、とは」

成り行きを見守っていた先生が、口を挟む。

「自分を売った金で、俺を雇いたいんだそうだ」

平然とティエンに答えられて、先生は目を丸くする。当初、無表情かと思っていたが、ティエンの前ではそうでもないらしい。

「何をやっていらっしゃるんですか、貴方は」

「あんたに言われたくないな。それより、グズグズしてないでとっととゲイリーんトコ、戻れよ。俺のところに来ているのがばれたら、あんたの立場もまずいだろう？」

「私はそんなヘマはしません。それにどちらかといえば、いっそのことばれた方が、気楽かも知れないと思っています。そうしたら心おきなく、ティエン様のおそばにいられますからね」

妖艶な微笑みが、陰険なものへと変わっていく。

「ついでに、こいつの会社の方にしばらく休むって連絡を入れておいてくれ」

ティエンの言葉に、高柳は「あ」と声を上げる。

「ありがとう。でも、平気なんだ」

「――?」

「先ほどの話からして、誰も残っていないから、ということではありませんか?」

先生の言葉に、高柳は頷いた。

「だったら、こいつの上司と連絡を取ってみてくれ」

「畏《かしこ》まりました。私はこれで失礼いたします。お邪魔虫にはなりたくありませんからね。それでは、高柳様」

高柳に向けられたときには、もうすでに先生の表情は穏やかな笑みに戻っていた。


先生のいなくなったあと、再び二人だけが部屋に残される。

「――それで、どうする?」

ティエンは若干苛々《いらいら》した様子で、どかりと椅子に座った。その前に所在なく突っ立っていた高柳は、視線を絨毯に向ける。

「一千万ドルじゃ、君を雇えないんだろう?」

「無理だな」

あっさりティエンに答えられ、高柳は俯いた。

人一人を雇う金額として、一千万ドルが高いとは思わない。人一人を雇う金額として、安いとも思わない。だが、それで納得するしないは、人それぞれの価値観による。ティエンは納得しなかった。高柳自身を一千万で買うこと自体、高いとは言われていないが、それでティエンを雇うことはできない。そう言ったのだ。

そのティエンの反応に、落胆する気持ちや怒りは芽生えてこなかった。

「——やっぱり、僕は帰る。無理矢理押しかけてきてごめん」

やっとのことで顔を上げると、ティエンは表情を変えることなく、じっと高柳を見つめている。その視線の鋭さと冷酷さに、急激に泣き出したい衝動に駆られる。

「借りた服はクリーニングに出してから返す。僕の背広は、面倒かも知れないけれど、捨ててくれるかな」

早口に言うと、急いでティエンに背を向けた。

が——。

「ティエン……」

腰を浮かしたティエンに、腕を摑まれる。

「やられ損で帰っていいのか？」

揶揄するような口調に、神経を逆撫でされる。

「そんな言い方しなくたっていいじゃないか」

声が震え、堪えていた涙が一筋、頬を辿っていく。

「僕だって、好きでそうしたわけじゃない」

泣いたら駄目だとわかっているのに、堪えられない。悔しさともどかしさと、さらにわけのわからない感情が込み上げてきていた。

だが、その言葉に、ティエンは僅かに眉を上げる。それから、ぐっと奥歯を噛み締めたのち、思い立ったように口を開く。

「俺に一生、『かわれる』気はあるか?」

躊躇いがちに、ティエンの細い指が頬に触れる。涙の跡を辿り、顎に残る滴をすくって、それをぺろりと嘗める。

「意味がよくわからない」

「惚《とぼ》けるつもりか? 最初に、お前の言う『かう』が、『買う』か『飼う』の、どちらの意味かを確認したら、俺次第だと言った」

どくんと、心臓が大きく鼓動する。

「もちろん――忘れてない」

『買う』の意味はともかく、『飼う』にどんな意味が含まれているのか、考えたこともない。だが、ティエンのその問いに対し、君次第と答えたのは紛れもない事実だ。

「俺を雇うのに、一千万ドルでは足りない。だが、もしお前が俺に一生『飼われる』つもりがあるのなら、それを条件に雇われてやってもいい」

予想もしなかった言葉を口にしたティエンの、眼鏡の下の瞳がぎらりと光る。

「つまり、どういうこと？」

「とりあえず手付け金として、俺がお前を買う一千万ドルで、お前の言う仕事はしてやる。無事に成功した暁には、お前が俺に飼われればいい」

ティエンは握り締めた手を顔の高さに掲げ、指の一本一本に口づけてくる。じわじわと染み渡る温もりと熱に、頭の中が沸騰しそうになる。だが、まだ事態がよく把握できていない。

「それは要するに、僕の頼みを、聞いてくれると、そういうことなんだろうか」

「そうだ」

「どうして？」

「どうして、だ？」

ティエンの眉間に皺が寄る。

「だ、って、僕の頼みなんて聞いたところで、君にはなんの得にもならないだろう？　それに、僕を飼ったところで、何ができるわけでもないし……それなのにどうして、今になって僕の頼みを聞くなんて……」

「お前を飼ったあとのことは、これから考える。何しろ、なんでもすると言ったから、しつけのし甲斐があるというものだ」

ねっとりと、舌全体で手首を嘗められる。

「それから、お前の頼みを聞くことが得になるかならないかは、お前の判断することじゃない。この俺自身が判断することだ。余計なことを考えるな」

ティエンの言うことはもっともだ。けれど、疑問に思ったのも事実なのだ。

「それにいずれにせよ、お前の頼みは関係なしに、どうやら俺には俺で、その件で首を突っ込まざるを得ない状況にあるらしい」

ティエンは肩を揺らして笑う。

「ティエンが？　どうして」

「わかっていて、俺に仕事を依頼してきたんじゃないのか」

怪訝な視線を向けられるのだが、良く話が見えない。

「僕のわかってることは、君が香港の人だということと、マフィアの事情に詳しそうだということだけだ。それ以上は何も……」

高柳の言葉に、ティエンは大きなため息をついた。

「黎という名前は知っているだろう？」

「――確か、香港一のマフィアだよね。黎一族は……」

王氏と新界地との関わりを知ったとき、同時に黎一族の名前も聞いた。その名前を改めて口にした瞬間、さーっと血の気が引いていく。黎という名前は、ついさっき聞いたばかりだった。

黎天龍――ティエンの本名だ。

同じ姓は、日本でもよくある。だからティエンの名前を聞いても、黎一族の「ライ」だと一致していなかった。だがあえてここでティエンがそれを確認してくるからには、理由がある。

「……ってことは……」

自分の腕を掴み、そこを嘗めているこの男が、黎一族の人間。香港一のマフィアと呼ばれている一族の――。

「マフィアのボスに……仕事を頼むって、言った、のかな……」

「俺はボスじゃない」

僅かにティエンの瞳が濁る。だが否定はしていない。ということはつまり、ティエンは黎一族の人間だということ。

「……じゃあ親戚の人とか、が……?」

「トップは二歳下の弟で、ゲイリーという。中国名は、黎地龍《ライディーロン》」

ゲイリーという名前は、先ほどティエンと先生の間で上がっていた。

「なんで、弟さんが……」

本来は、兄であるティエンが継ぐのではないかと言いかけて、慌てて「ごめん」と続ける。

「そんな話、興味本位で僕が聞いていい話じゃなかった。ごめん。なんでもない」

「謝ることじゃない。香港の人間なら大抵は知ってる。俺とゲイリーは、兄弟と言っても腹違いだ。つまり俺が妾《めかけ》の子どもで、ゲイリーが本妻の子どもだ。だからゲイリーが家を継いでる。日本でもよくある話だろう？」

「……やっぱり、ごめん」

ティエンの説明に申し訳ない気持ちが増す。今はよくある話だと言えても、過去には高柳の知り得ない、苦悩や問題があったかもしれない。

ありがたくも、高柳は「普通」と言える家庭で育っている。アメリカに留学させてもらえる経済力と、自由さがあった。高柳にも一人弟がいる。決してものすごく仲の良い兄弟ではないが、何かがあったときには頼れる存在だ。

そんな一般的な家庭に育った人間が、同情したり勝手に憐れんではいけないと思っても、自分の浅はかさに嫌気が差した。

「聞くべきじゃなかった」

「そんな顔をされると、自分が悲劇の主人公にでもなった気がするからやめてくれ」

早口に言い放つティエンは、ほんの少しだけ照れた様子を見せる。これまで見たことのない表情に、高柳ははっとさせられる。

「無計画過ぎるところはあるが、とりあえず狙いとしてお前の計画は悪くなかったというところだ。まさに、下手な鉄砲、数打てば、の話だがな。それでも、王氏に対抗できるのは、うち以外ない」

あっさりと言われるものの、高柳は事の重大さに気づいた。

ウェルネスと香港の流通企業との問題ではなく、香港全土を巻き込む話になってしまったのかもしれない。それも、黒社会の人間を関わらせたことで、思いもしない方向に進むのではないか。

本心は、違う場所にあった後ろめたさに、高柳はどうしたらいいのかわからなくなる。

「ティエン……やっぱり、僕の頼みはなかったことに……痛っ」

殺気を帯びた視線を向けられ、皮膚に歯を立てられる。

「……無理、かな」

「当たり前だ」

ティエンは高柳の袖を捲り上げながら、肘の辺りまで嘗めてくる。

舌の小さな突起のひとつひとつが、高柳の皮膚に食い込んでくるような錯覚に陥る。

「さっきも言っただろう？　お前のことがなくとも、動かざるを得ない事態になっていると。それに、すぐに動くつもりはない。いくつか確かめなくてはならないことがある。すべてはそれからだ。だからといって、何も動いていないわけじゃない以上、お前はしばらくの間、絶対に外出禁止だ」

「どうし、て……んん…っ」

大きな手が、シャツの裾から忍び込んできて、すでにざわつき出している肌に触れてくる。

「俺は黎一族の関係者だ。その俺との関わりがどんな意味を持つか、足りない脳みそでもわかるだろう？」

ティエンは一気に手を下肢へ移動させた。

「足りない脳みそなんてひど……………あ……っ」

「実際、そうだろう？」

ティエンの言葉にショックを受けるものの、やはり事の重大性を思い知らされる。

何かが起きようとしている事態の中、下手に自分が動くことで、ティエンに迷惑をかける可能性があるのかもしれない。彼に協力を仰いでいる立場として、少なくとも足を引っ張ることだけはしたくない。

「わかったか？」

サイズの合わないズボンのウエストには余裕があり、ティエンの手ぐらいあっさり通してしまう。

下着の上から無造作に握られ、そのまま揉み上げられると、もうたまらなかった。

「や、だ、ああ……そんな……」

「わかったか？　返事をしろ」

「わかった……家を、出ない……」

半ば悲鳴のような声で、高柳は約束する。

「とりあえず――これだけ感じやすい体なら、一千万を払う価値はある」

項《うなじ》を嘗め上げられると、ぞわぞわとした感覚が背筋を這い上がってくる。

鼓膜を揺らす、ティエンの声にも、感じ入ってしまう。すぐに昨夜のことが蘇ってくる。肌への愛撫だけでなく、ひっきりなしに耳元で紡がれた淫猥《いんわい》な言葉に、それだけでも煽られた。

そして今もまた、体だけでなく心までも、溶かされそうになっている。

前を握る指の動きは巧みで、布越しでもはっきりとわかる。熱を持ち始める場所を扱き、擦り、成長を早めるのだ。

「ティエン……」

立っているのが辛くて、高柳は縋《すが》るものを求めて目の前の男にしがみつく。だが、腰をすり寄せようと無意識に動く腰に気づいて、体が硬直する。

昨日、あれだけ達ったのに、今また欲しがっているその事実に、激しい羞恥が押し寄せてきた。同時に、ティエンが自分を抱く意味について疑問を覚える。

「どうした？」

それに気づいたティエンは、手の動きを休めることなく、高柳の顔を覗き込んでくる。

「――君がどうして、僕の頼みを受け入れたのかがわからない」

「理由なら言っただろう？　俺の方にも問題があると」

「でも、それならそれで、余計に僕の頼みなんて聞かずとも、勝手に動けるはずだ。それなのに、僕を一千万ドルで買った上で、足りない分は一生飼うことで払うなんて……」

ティエンの出した条件を口にした途端、その情けなさを思い知って俯く高柳の胸倉に、ティエンの手が伸びてきた。

「ティエン……」

「お前は一体どっちなんだ。俺の力が欲しいのか欲しくないのか。会社をなんとかしたいのか、したくないのか」

シャツの襟元を痛いほどに摑まれ引き上げられているせいで、息が苦しくなる。上から睨みつけるティエンの表情は険しく、眼鏡の下の瞳が鈍く光っている。

酷薄な顔を浮かべながら、常に冷静さを欠かない男の感情を露にした表情に、高柳の心臓が竦み上がる。

こんな表情を見たのは、あのとき――大学時代にティエンの秘密を知ったとき以来だ。

首にある指にほんの少し今よりも強めに力が込められれば、確実に息が止まる。

自分の息の根を止めることなど、ティエンには容易なことかもしれない。もし死ぬなら、ティエンに殺されて死にたい。この男に殺されるなら、本望だ。突然にそんな衝動が生まれる。

「……欲しい」

ティエンが。

ティエン自身が。

「だったら俺が何をどう思っているのかなんて余計なことを考えず、俺の言う通りに、お前は足を開いていればいいんだ」

今度はズボンの上から握られる。

脳天まで突き抜けるような痛みに小さな喘ぎを漏らし、逸らす喉に、ティエンの歯が突き立てられる。痛い——と思うより先に、快感を覚える自分は愚かなのか。それとも、正直なのか。

高柳にはよく、わからなくなっていた。

ぎりぎりと痛いほどに噛み、滲み出す血を舌で嘗め取っていく。

そのまま高柳に重なってきた唇からは、鉄の味がした。

自分の流した血をティエンが嘗めて、ティエンの唾液と混ざった血が再び戻ってくる。不思議な感覚に酔いながら、高柳の体がふっと宙に浮く。唇を重ねたまま、ティエンに抱き上げられていた。

「……ティ……」

「またソファを買い替えることになったら、先生になんて言われるかわからないからな」

ティエンの言葉の意味がわからず、しばし高柳は呆然とする。

「お前があんまり違って汚したから、全部新しい物に替えた」

「——っ」

もしかしたらとは思っていたが、怖くて確認できずにいた。だが、改めてティエンの口から言われて、絶句する。

「俺は新しい物を買っても構わないが、それがばれると先生がうるさい。だから、今回はベッドでたっぷり確かめてやる。お前が、俺に一生飼われるだけの価値があるかどうかを」

白い首元に口づけてくるティエンは、まさに龍そのものに思えた。

5

浅い眠りから覚めたとき、すでに窓から見えるレパルスベイは、海に沈もうとしている夕日で赤く染まっていた。

「……今日、何曜日だっけ……」

眠い目を擦りながらやっとの思いで起き上がる体が、ひどくだるかった。

午前十時ぐらいまで、ティエンの求めに応じた。その後二人でシャワーを浴びて、眠るために再びベッドに戻ったのが確か正午近く。だから五時間ぐらいは寝ているのだが、寝足りない気がする。

それでもなんとかベッドから起き上がり、着替えを済ませる。

このマンションに訪れたのが、五日前。ティエンとの間で取引が成立し、外出禁止を言い渡されてからも、丸二日が経過していた。

その間、ずっとティエンのマンションに居る。

正確にはこの三日——ほとんどの時間を、ベッドで過ごしていた。

寝ているときと食事をしているとき、あと風呂に入っているとき以外は、ずっとベッドにいたと言っても過言ではない。

「なんか食べる物、あるかな……」

ティエンは料理をするタイプではないらしい。そのため、キッチンに巨大な冷蔵庫があるものの、中に入っているのは酒とミネラルウォーター、さらには牛乳しかない。

料理は常にデリバリーを頼む。中華からフレンチ、イタリアンまで、量と種類、さらに味の良さには驚かされた。

今日は何があるのだろうかと思いながら、リビングキッチンへ向かう。ところが、いつもなら廊下に出てすぐ食をそそる匂いがするのだが、今日はコーヒーと煙草の香りしかしない。

扉から首を伸ばして中を覗いてみるものの、大理石だというイタリア製のテーブルの上には何も載っていなかった。

「起きたのか」

リビングの方で、ノートパソコンに向かっていたティエンが高柳に気づく。きっちりとしたストライプのボタンダウンのシャツに、濃紺のスラックス姿だった。髪をセットし、眼鏡を掛けたその姿は、ぱっと見には仕事の出来るビジネスマン然としている。

窓から入る強い香港の陽射しが、すっきりとした鼻梁《びりょう》に沿って美しい影を生む。

欧米人のような凹凸のはっきりとした派手な美麗さはないが、余計なものを排除した清々《すがすが》しさを感じさせるような爽快さが、ティエンの顔にはある。一重で切れ長の瞳が、いいアクセントとなり、その端整さを際だたせているのだろう。

「なんだその格好は。もう少しマシな服があるだろう。それにすぐ着替えてこい」

その目を一瞬だけパソコンの画面に向けたかと思うと、パタンと蓋を閉めたそれをテーブルの上に戻して立ち上がった。

「着替えるって、どうして？」

ダイニングセットの椅子の背に手を置いたまま、ティエンの行方を眺める。

「美味い飯を食いに行く。いい加減、デリバリーばかりにも飽きた頃だろう」

「……どこに？」

思いがけない提案に、高柳は目を丸くする。

「九龍《カオルーン》のホテルに美味いフカヒレを食わせてくれる店がある。食べられるか？」

「もしかして、香宮《シャンパレス》？」

その店の名前が、ふっと頭に浮かんだ。

「そんな名前だったな。シャングリラ内にあるんだが」

「じゃあ、香宮に間違いないよ。すぐに着替えてくる。スーツの方がいいかな？　ネクタイは必要？」

「ネクタイはなくても、平気だと思うが……」

ティエンは常ならぬ高柳の様子に驚いたのか、珍しく歯切れが悪い。

「そんなにフカヒレが好きなのか？」

「大好き。何しろ僕が香港への異動を了承した理由のひとつは、美味しい中華料理が食べられることだったぐらいなんだ」

中でも、フカヒレは、大のつく好物だ。

高級食材だが、日本で食べるよりも遥かに安い。もちろん、大衆食堂のような店も大好きだが、香宮はアワビも他の料理も絶品なのだ。

「君みたいに、普段から極上のアワビとかフカヒレばかり食べているような人にはわからないかもしれないけど、僕みたいな一般人からすると、口に入った瞬間蕩けるみたいなフカヒレを一杯食べられるのは、贅沢中の贅沢なんだ」

ティエンが声を押し殺して笑っているのに気づく。

「……何がおかしい？」

「大学のときから見ていたが、お前がそんな風に、何かについて夢中に講釈を垂れることがあるのかと思ったら、おかしくなった」

「別に、講釈垂れたわけじゃ……」

反論しようとして、口を噤《つぐ》む。

ティエンは今、大学のときから見ていて、と言った。同じ学校に通っていても、ヨシュアを間に挟んだだけの関係で、まともな友達づき合いはしていない。

顔を合わせれば挨拶をする程度——そんな中で、自分だけティエンを見ていた。ティエンも自分を見ていたように思っていたが、一方的な願望のような気がしていた。

けれど、今の言葉で、多少なりともティエンが自分を意識して見ていた。その事実を認識した瞬間、頬が熱くなり、鼓動が高鳴ってくる。

(なんだ、これ……)

「どうした?」

黙り込む高柳を心配したティエンが、すぐ目の前にまでやってきていた。

見上げた視線のすぐ先に、端整な顔がある。

煙草と、使っているコロンの混ざった、やけに馴染みのある香りが鼻を掠めただけで、条件反射のように体の中で何かが疼きそうになる。

「なんでもない。それより、僕たち、外に出ても大丈夫なの? この間、先生から、様子がわかるまで動くなって言われていたけれど」

「その先生から連絡があったから、動くのさ」

意味ありげに笑う。昨夜、ティエンに電話が入っていたのは知っている。口調や話し方から、相手が先生だろうことはわかっていたが、話の内容まではわからなかった。

「もしかして、何かわかったの?」

今回、ティエンを巻き込んだことで、一企業対一企業の話ではなく、マフィア同士の争いに発展する可能性も秘めている。そんな中でティエンが動くということは、一体何を示すのか。

「そんな顔をするな。何も問題がないから、外出していいと許可されただけのことだ。だから、安心しろ。お前の上司も、順調に回復しているそうだ」

「——本当に？」

思い出すのは、入院したばかりのときの姿だ。ベッドに横たわった上司の姿は、体に負った傷以上に心を痛めていた。そのあまりの痛々しさに、正視できなかった。

「嘘を言ってもしょうがないだろう？　それとも俺が信じられないのか？」

強い口調で言って、じっと高柳を見つめてくる。淀《よど》みのないその瞳の強さに、不意に動悸が激しくなる。

さっきから、自分は変だ。今は真面目な話をしているのに、ティエンの持つ瞳の熱に、感じそうになっている。

「着替えてくる」

体の変化に戸惑い、逃げるようにしてティエンから離れる。だが寝室に戻っても、動悸は治まらなかった。

（なんだよ、これ……）

扉に背を預けたまま、その場にずるずると沈み込む。真剣なティエンの表情に欲情する自分は、おかしいのかもしれない。昼となく夜となく抱かれ、感覚が麻痺しているのか。

しゃがみこむ背中の後ろで、扉が開く。

「調子でも悪いのか？」

「そんなことない。すぐに着替えて行くから、向こうで待ってて」

「――いや、ここで着替えるところを見させてもらおう」

「何、言ってるんだよ？」

全身が、ぶるっと震える。

「別にいいだろう、減るもんじゃないし。それにどうせお前は俺のものだ。なんでも俺の好きにさせてくれるんだろう？」

ベッドに横たわり、肘枕を作った格好で偉そうに言う。にやりと笑いながらの視線に、また全身が震えた。

「僕の裸なんて見飽きているだろうから、楽しくないと思うけど」

精いっぱいの虚勢を張って、ティエンに背中を向ける。

クローゼットの中からスーツを選ぶ。そして身に着けたシャツのボタンを外そうとして、肌を射抜くようなティエンの視線に、突然、初日のことが蘇ってきた。

自分を買ってくれと迫った高柳に対し、その気にさせるような脱ぎ方をしろと言った。

あのときにはただただ頭がいっぱいで、ティエンの要求していることがわからなかった。

大体、自分にストリッパーのような脱ぎ方ができるわけがないと、羞恥と憤りから、ただ脱ぐことしかできなかった。

でも今なら、ティエンが何を求めていたのか、わかる。

その気にさせる——つまり、セックスをする気にさせる、ということ。

ストリッパーのように脱ぎ方で見せるのではなく、もっと即物的な感情を催させれば良かったのだ。

でも、ティエンは自分が誘って、その気になるのだろうかと不安になる。

高柳は唇の上にあるホクロのせいで、子どもの頃から色気があると言われていたのだ。ティエンにも、これは色気として捉えられているのだろうか。

ボタンを外すのは変わりなく、ただ微かに視線をティエンに向けながら、腕から袖を抜く瞬間、小さな吐息を漏らす。さりげなく髪をかき上げてみたり、新しくシャツを羽織る際に、そっと自分の胸に指を伸ばしてみる。実際に乳首に触れてしまったら、ミイラ捕りがミイラになりかねない。だから微妙なところで手を外す。

だが、肌を撫でたところで、自分の掌とティエンの掌では、明らかに違う。

動きも熱も。真似をしようとしたところで、ティエンほどの執拗さと巧みさは再現できるものではない。だからその感覚を思い出しながら、口の中で微かに舌を動かしたり、表情を変えてみる。大袈裟なものではなく、あくまで自然に見える程度に。

おそらくティエンは、高柳以上に高柳の体を知り尽くしている。

高柳がティエンをその気にさせるのは難しくても、その逆は赤子の手を捻るより、遥かに簡単だろう。

そのティエンの触れる感覚を思い出しながら、ズボンを履き替える。ファスナーを下ろし、ウエストからズボンを下げた。

片足ずつ抜いたそれをベッドの上に置こうとしたとき——伸ばした手をティエンに掴まれる。伝わる掌の熱に、高柳はふっと笑ってからティエンの顔を見つめる。

ティエンの表情にこれといった変化はない。だが、何か感じ取ったのは間違いない。

「離、してくれないか。このままじゃ着替えられない」

「……こざかしい真似を」

吐き捨てるように言ったかと思うと、その腕をぐっと引っ張られ、ベッドに仰向けに倒される。高柳の両手をベッドに縫いつけるようにして、ティエンはその上に跨《また》ってくる。

「わざとだろう?」

顔をぎりぎりまで近づけて、吐息で尋ねられる。

「なんのこと」

惚けてみせると、シャツの空いた場所から、鎖骨辺りをガリっと噛まれる。

「痛っ」

「主人の意に染まないペットには、お仕置きが必要だな」

下着の上からぐっと下肢を握られる。

「誰がペットだって言うんだ」

「お前以外に誰がいる？」

嫌味な口調にむっとする。

「お前は俺に『飼われて』いるんだ。餌をやって、可愛がってやっている。愛玩動物とどこがどう違う？」

高柳自身が気にしていたことを指摘され、かっと頭に血が上った。

「……飼われるのは、君が僕の頼みを聞いてからだろう？　要するに、今は先払い金を払っていて、僕の方が依頼人のはずじゃないか」

一瞬言葉に詰まったのは、ティエンの言うとおりだと思ったからだ。だが、そこで黙っていられなかった。

咄嗟に言い返した後で、後悔が襲ってきた。だが、一度口にしてしまった以上、その言葉をなかったことにはできない。

怒鳴られるか、皮肉られるか。それとも何も言わず、ただ、このまま続けられるか。

覚悟してぎゅっと目を閉じているが、何も起きない。それどころか、ベッドに縫いつけられていた手から、ティエンの手がなくなり、体の自由が利くようになる。

「ティエン……」

驚いて目を開いたときにはもう、ズボンのポケットに手を突っ込んだティエンは、寝室を出て行こうとしていた。

「早く着替えろ。予約した車が下で待ってる」

そう言うと、振り返ることなく寝室を出て行ってしまう。

パタンと閉まる扉の音に、なぜか取り残されたような気持ちになった。

悪いのは、ティエンだ。いつもティエンがしていることを、仕返しただけだ。どうしてそれで自分がこんな風な気持ちにさせられなければならないのか。

自分とティエンはセックスをしていても、間になんの感情もないはずだ。それなのに、胸が苦しくて、仕方がない。


車で中環《セントラル》まで向かう間、ティエンはずっと不機嫌だった。普段の眼鏡ではなく、レイバンのサングラスを掛けているせいで、どんな表情なのかがわからない。だからつられるようにして、高柳も無言でいた。

理由は当然のことながら、先ほどの事だ。

自分から謝るつもりはなかった。このままだんまりが続いてもしょうがないつもりでいた。

けれど、九龍に渡るスターフェリーに乗った瞬間、そんな気分は一気に吹っ飛んでしまった。

目前に迫ってくる摩天楼に、胸が躍る。

「ティエン、ティエン。あのビル、ワン・ペキンロードだよね？　レストランへ行く前に時間があれば、チョンキン・マンションにも行ってみたいんだけど、駄目かな」

自分の腕を引っ張って、子どものようにはしゃぐ様を、不思議そうにティエンは眺めていた。

「香港で仕事をしているなら、こんな物、何度も乗ったことあるだろう？」

「ないよ。今日が初めて」

高柳は自慢気に応じる。

「なんで」

パイプを手で掴んで、海の方に身を乗り出す。前方に迫ってくる、夜の高層ビルを眺めているると、自分が香港にいるのだということを実感する。

「いつもはMTRを使っているから。それにほとんどの仕事は中環でやっていたから、九龍に来ること自体、数える程度だし、レパルスベイに行ったのも、この間が初めてだったぐらいだ」

香港に訪れて当初は準備に忙しく、その後は度重なる災難や困難に、ゆっくり景色を楽しむ余裕はなかった。

当然休日返上で毎日出社せねばならず、観光もろくにしていない。結果、唯一の楽しみが食事で、安く美味い料理を探したのだ。

「それは災難だったな」

大した感慨もなく、ティエンは言い放つ。

「本当に大した災難だよ。でも、こうしてティエンと一緒にフェリーに乗って九龍に行けるなら、それで十分だ」

「よく言うな。本当は俺となんかじゃなくて、スタイル抜群の香港美女と行きたいんじゃないのか」

「そ……うだね」

——そんなことはない、と言いかけて、高柳はぎりぎりで言葉を変える。

「正直な奴は、このまま湾の中に沈めてやろうか？」

突然、体が浮いたかと思うと、高柳の上半身が、フェリーの手すりから乗り出していた。

「わ、ちょっと……ティエン。冗談はやめてくれ！」

「やめてほしければ、俺と観光できて楽しいと言えよ」

「なんで、そんなことを……」

「余計なことを抜かしてると、本当にこのまま落としてやるぞ」

気づけばわらわらと、二人の周りに人が集まってくる。中には日本人の姿もあり、面白そうにカメラを向けられる。

「僕が悪かったから、下ろして」

「下ろしてほしければ、俺の言葉を繰り返せ」

ティエンは、人の視線などまるで気にしないらしい。濃いサングラスを掛けていれば、周りからもわからないのだから、狡《ずる》い話だ。

とにかく、笑いながら高柳の慌てる顔を眺めている。こんなことをして、まるで子どもだ。

「わかった。わかったから……何を言えばいいの？」

「さっき言ったとおり」

「そんなの、覚えてないよ。君と一緒にフェリーに乗れて……」

「ティエン様」

何を言うのかと目を見開くが、ティエンはにやにや笑っている。どうやらこれは、嫌がらせのようだ。もしかしたら出がけの件の仕返しなのかもしれない。

（子どもか、本当に！）

内心むっとしながらも、この程度でティエンの機嫌が治るのなら良しとすべきだろう。

「――ティエン様と」

「大好きなティエン様と観光できて」

「嘘だ。さっきはそんなこと言ってない」

「言わないなら、このまま……」

本当に体がさらに斜めになる。

「わかった。大好きなティエン様と観光できて」

仕方なしに「大好きな」の部分だけ、心持ち声のトーンを落とす。

「幸せです」

「幸せです――これでいいだろう？」

ところが、それで終わりではないらしい。ティエンはじっと高柳の顔を見つめ、さらに続ける。

「今の言葉の証明のために、キスをしてくれ」

「――頭でもおかしくなったのか？」

いくら仕返しにしても、度が過ぎる。さすがに高柳が気色ばむと、ティエンはすぐに諦めた。

「俺はいたって正気だ」

悪ふざけはここまでと、九龍側にフェリーが到着するのを確認して、高柳の体を戻す。

しかし、結構長い間、頭を下にしていたせいか、足を着いた瞬間、軽く目眩《めまい》がした。

「……っと」

よろめく高柳の体を、ティエンは当然のように抱き留めてくれる。

バランスを取ろうとして、伸ばした高柳の手がティエンの顔に触れたのだろう。指が触れたサングラスがずれ、あっと思ったときには床に落ちていた。それはまさに高柳の進行方向で、頭でしまったと思ったときにはもう、バキッというプラスチックの割れる派手な音がしていた。

「……ごめ、ん……」

ティエンの腕に抱えられたままの状態で、高柳は恐る恐る顔を上げる。ティエンはちらりと横目で壊れたサングラスを眺めるだけで、小さく肩を竦めた。

「気にするな。これは偶発事故だ」

「でも……」

申し訳なさに、眉を顰める高柳の顔を、ティエンが見つめてくる。いつも眼鏡越しにしか見ることのない切れ長の一重の瞳が、今は間近にある。漆黒だと思っていた瞳は、微かに茶がかっている。

（綺麗だなあ……）

そう思ったとき、一瞬茶の瞳が辺りを彷徨《さまよ》ってから、ティエンの顔が近づいてきて——。

「——っ！！！」

にやりと笑ったままの唇が、一瞬触れて離れていく。

「ほら、行くぞ」

あまりのことに驚く高柳の手を取って、ティエンは平然とフェリーを下りていく。

「ティエン……っ！　何をするんだよ！」

「今さらキスぐらいで、何をそんなに怒ってる？」

「だって、ここ、外だよ。みんな、見てるんだよ！　わかってる？」

「安心しろ。この状況だ。俺の背中に隠れていて、誰も見ていない」

九龍側に着いたフェリーに乗っていた観光客は、我先にと降りて行っている。確かにティエンの言うとおり、誰の目にも止まっていないかもしれない。

だが、問題はそういうことではなかった。

「でも……」

「実際、こうして男同士が手を繋いでいても、誰も気にしていないだろう？」

ティエンに言われて、起き上がらせてもらったときのまま、手を握った状態であることに気づく。

慌てて逃れようとするが、離してはもらえない。かえって指を一本ずつ絡めてきて、簡単には離れないように握ってきた。

「ティエン……っ」

「騒ぐと余計に変に思われる。それでもいいのか？」

ティエンの思惑どおりなのかもしれないが、高柳が声を上げるたび、人の視線を感じるのは事実だった。

「自分たちが平然と振る舞っていれば、誰も何も言わない。気にするな」

「――気にするなって言うなら気にしないけど、でも……」

手を握っているのは事実だ。その手を見つめ黙る。

「どうした？」

肩を寄り添い、そっと耳元で囁いてくるティエンの声が優しく感じられるのは、この手の温もりのせいなのか。

「……僕たちがこんな風に手を繋ぐ理由は、どこにある？」

フェリーで強制された言葉にしてもそうだ。意地悪にしても、仕返しにしても、自分がそんなことを口にすることで、ティエンになんの利点があるのか。

高柳に対する嫌がらせなのかもしれないが、高柳の気持ちを知らなければ意味はない。

ということは、どういうことなのか。

「迷子防止」

アスファルトを眺めていた高柳は、ふと足を止める。

「迷子？」

「そう、迷子」

「観光はしていなくても、香港で仕事をしてるって、知ってるよね？」

「もちろん。だが、右を見たり左を見たりしている様は、まるで観光客と変わらない。それこそ俺と一緒にいることも忘れて、ふらふら歩いて行きかねない」

「う……」

それは否定できない。

「ここならともかく、チョンキン・マンション辺りは、いくら観光地化されていると言ってもこの時間になると危ない。お前みたいな奴は、いいカモだ。身ぐるみ剝がされて泣くのが関の山だ」

九龍城地区には一九九三年まで、宋の時代に作られた砦《とりで》があった。その跡地にはやがて巨大なスラム街が生まれ、魔窟《まくつ》と呼ばれる場所になった。チョンキン・マンションは、そんなカオスと呼ばれていた時代の九龍の面影を残す場所だ。

街の真上を飛ぶ飛行機と、九龍城砦、さらには英国領――かつて香港を香港たらしめていたものは、今はない。世界一着陸の難しいと呼ばれた啓徳空港《カイタック》も移転され、九龍城砦跡は豪華なホテルやビルが建ち、英国から中国に返還された。

高柳の知っている香港は、「今」のみだが、ティエンはその「前」の香港も知っている。

「なんだ?」

「今の香港って、ティエンの目にはどう見えているんだろうと思って……」

「今の香港?」

「ほら、返還される前とした後、多少、変化あっただろう? そういうの、外から見ている人間にははっきりわからないけれど、中にいる人には、生活として関わってくるから……悪いこと、聞いた?」

微かに表情が曇ったような気がして、高柳は声を潜める。

「いや――」

ティエンは自由になる方の手で、目元に手をやった。が、そうしてから眼鏡がないことに気づいたのか、ふっと苦笑を漏らした。

「よくわからないんだ」

「やっぱりそういうもの？　周りが騒いだほど、何も変わってないってことなのかな」

「そうじゃない。俺は——返還された後の香港に戻ってきたのは、今回が初めてだからだ」

「——え？」

「中国に返還される際、俺はアメリカへ行った。ちょうど大学に上がる年だ」

高柳と同い年のティエンは、一年のときから大学にいた。

「それから一度も……？」

「ああ、一度も」

ティエンはどこか遠いところを見るように、視線を上げていく。

この間の先生との会話が、否応なしに思い出されてしまう。

腹違いの弟である、地龍の存在。

その地龍が、どうやらティエンの意思に反した動きをしているらしいこと。その背後には、ウェルネスの香港進出を阻もうとしている、香港流通企業のトップにある、王氏。

「正直言って、俺にはアメリカの方が似合っていると思っていた。アジア特有の湿気も、狭苦しい土地も、空にばかり伸びていく高層ビル群も、その背後にある雑多な街も、何もかもが嫌いだった」

真っ直ぐ前を見つめたまま、ティエンは語る。普段以上に抑揚のない口調で紡がれる言葉を、聞き逃してはならないと思った。

「だが——この間、空港に降り立って、肌にまとわりつくような空気を感じた瞬間、帰ってきたと思う自分がいたことに、驚かされた」

そしてふっと笑う。どこか自虐的なその笑みは、ひどく寂しそうに思えた。

なんて言ったらいいのかわからない。ただ、自分より強い男を、優しく抱き締めてやりたいような心境に駆られる。そんな自分の感情に、高柳はマンションを出る前に抱いた感情を思い出す。ティエンの顔色ひとつに、なぜこんなにも心を揺さぶられているのか。どうして抱き締めてやりたいなどと思うのか。

もやもやとしたものが、心の奥で疼いている。わかりそうでわからない、見えそうで見えないその感情に、もどかしさを覚える。

ティエンが自分に向ける笑顔に嬉しいと感じ、悲しむと自分も悲しくなる。

(どうして……?)


その後、カオルーン・シャングリラで、念願の香宮のフカヒレ料理を食べたが、はっきり味を覚えていなかった。

店の料理長が出てきて、色々説明してくれたのだが、ほとんどを思い出すことができない。

覚えているのは、壁に掲げられた見事なまでの龍の絵だ。水辺にいながら、火を体に纏ったその龍は、水に触れられない絵なのだと、店の支配人が教えてくれた。

なんとも美しく、同時に、どこか悲しくも思えたことは覚えている。他はただ、出される物を食べ、提供される年代ものの、一杯にとんでもない価格がついた老酒を、ひたすらに飲み続けた。


「飲み過ぎだ」

マンションへ向かう車の中で、ティエンは何度も呆れたように言った。

「それだけ酔ったら、フカヒレの味なんて、ろくに覚えてないだろう?」

「そんなことない、十分覚えてるよ。口に入れた瞬間に蕩けるようで、僕の方が蕩けちゃった」

「――お前は蕩けているんじゃない。泥酔しているだけだ」

もたれかかる高柳の頭はそのままにしてくれるのだが、腕に伸びてくる手からは邪魔そうに逃れていく。

「そうだよ、酔ってるよー、僕は。でもね、自分の隣にいるのが、ティエンだってことはわかっているしー、今、君のマンションに向かってることもわかってるんだよ」

もちろん、呂律《ろれつ》が回っていないのも、わかっている。

言われるまでもなく、高柳は泥酔していた。

食事の間、チョンキン・マンションで生じた迷いが、ずっと心から消えてなくならない。

さらに、ティエンの過去が気になってしょうがない。

なぜなのか。どうしてなのか。何があったのか。どんな日々を過ごしたのか。

香港最大と呼ばれるマフィアの血を引きながら、トップにいるのは弟で、ティエンは二十歳を前に香港を出ている。今回のことがあるまで、戻ってきていない。それが一体、何を意味するのか——。

想像しようとしても、高柳の貧弱な想像力では、何ひとつとしてわからなかった。ティエンに聞きたくても、聞けない。聞いたところで、教えてくれるわけもない。

ティエンとは、再会してから、すでに数え切れないほどのセックスをしている。だが、それだけだ。感情の交換はない。互いについて語り合ったこともない。

これは、自分の望んだ結果だ。ティエンに求めたのは、自分の体の見返りの金と、仕事。自分を見ていたティエンなら、高く買ってくれるに違いない。そう思って、ティエンの元を訪れたのだ。

でも今、それを後悔している。

これまでにも愚かさは痛感している。だが、今回ほどそれを愚かだと思ったことはなかった。

ティエンの話を聞けない自分がもどかしく、辛くて、悲しくて——その感情を吐露しないようにするため、飲むしかなかった。

飲んで、酔って、何もわからなくなって、それでティエンに甘える。甘えたフリをしながら、己の気持ちを知る。

ティエンのことを、好きだということを――。

その感情に気づいた瞬間、激しい後悔の念に襲われた。

最初から冷静になれば、わかったはずだ。自分は器用な人間ではない。好きでもない女性を抱けないのと同じで、好きでもない相手に抱かれたいとも思わない。いくら色々な口実をつけようとも、ティエンにならば抱かれてもいいと、心のどこかで思っていたからではないか。

(ばかだ、僕は……)

どうしてもっと、冷静に考えられなかったのか。どうしてそこでティエンのことを思ったのか、考えなかったのだろうか。どうして、自分がティエンを見ていた理由を考えなかったのだろうか。

再会して好きになったわけではない。前からずっと――好きだったのだ。

とんだ愚か者だ。今さらそんなことを、どの面下げてティエンに言えるというのか――そんな愚かな自分にできることは、ただひとつ――ティエンの熱と感情を、この身に受け止める。

車を降りると、ティエンに抱えられるようにしてエントランスを潜り、エレベーターに乗り込む。扉が閉まるのを待って、高柳は自分からティエンにキスを仕掛けた。

「……酒、臭いな」

ティエンは最初、嫌そうな顔をして逃げた。だが首にしっかり腕を回し、背伸びをして逃げる口を追いかけた。

いつもと立場が逆だった。顔を背けられても追いかける。重ねたら、今度は舌を差し入れる。奥に潜んでいる舌を強引に引きずり出して、自分から絡みつける。

そんな風にして、初めて逃げられる側の気持ちを味わって、追いつめたくなる衝動、無理にでも捕まえたくなる衝動を実感する。

(ティエンも、こんな気持ちを抱くのかな……)

素直な感情を打ち明けられない代わりに、せめて今の関係を続けたい。ずっとティエンに追いかけてもらうためには、従順にならず、常に逃げていた方がいいのだろうか。

キスを味わう余裕ができた頃、エレベーターは最上階に辿り着く。背後で扉が開くのがわかっていても、高柳は自分から降りようとはしなかった。薄目を開いたティエンは手を伸ばし、閉まり掛ける扉を押さえる。

「……高柳……」

顔を逸らし、名前を呼ぶ。

「降りろ」

「……やだ」

短い言葉で反論し、逸らされる唇を追いかける。

極上の老酒と煙草の匂いのするティエンの唇は、どんなお菓子よりも甘い。その舌は高柳の理性を容易に溶かし、駄目にしてしまう。

ここ数日、何度となく繰り返したキスの中で、一番美味しいキスに思えた。

アルコールの回った体は既に熱く、全身が敏感になっている。

「ずっとエレベーターの中にいるつもりか？」

「ティエンがいいなら」

今日のティエンは眼鏡がないせいか、それとも酔っているせいか、自分を見る瞳がやけに優しく感じられる。こんな顔は、もう二度と見られないだろう。だから、ずっとずっと見ていたい。

「俺はよくない」

「だったら、ティエンが連れて行って」

こんな風に甘えるのも、今だけだ。酔っぱらいの戯《ざ》れ言《ごと》だから。

「──ったく、面倒な酔っぱらいだな」

ティエンは呆れたように言うものの、怒ったりしない。苦笑を漏らし、膝を屈《かが》め、自分にしがみつく高柳の体を抱き上げる。

「抱っこだ」

「連れて行けって言ったのはお前だ」

むっとしたように言っても、顔が怒っていない。

そんな男の肩に高柳は額を寄せる。背広越しに聞こえる鼓動に、高柳の鼓動が重なる。鼻を掠めるティエンの匂いに、全身がざわめき出す。

逞しい腕に抱き締められ、この男の熱を身の内に感じたい。芽生えた衝動は強く、体中が心臓になったかのように、ドクドクと激しい鼓動を始める。

それはおそらく、ティエンにも伝わっているだろう。けれど、絶対に悟られたくなかった。

酔いすら醒めそうな中、高柳は小さく息を呑み、ティエンが持っていた鍵で扉を開き、部屋に入るまでをずっと待つ。

息を潜め、ただ、その一瞬を待つ。

「ほら、着いた。いくら軽いと言っても、さすがに男一人を抱いて歩くのは大変なんだ……」

バタンと背中の後ろで扉が閉まり、鍵を閉める。そして高柳を抱いたまま玄関灯を点けようと伸ばした手を、そっと制す。

「……？」

どうしたのかとティエンが顔を向けた隙をついて、高柳は足を地面に着き、自分を抱いていた男の体をその場に押し倒した。

「ど、うした……気持ち悪いのか？」

優しいティエンは、わざとだとは思わないらしい。高柳を庇《かば》って頭や肘を打っているだろうに、相手を心配する。しかし心配された相手である高柳は、起き上がろうとするティエンの腰の上に跨り、唇に、強引に自分の唇を押しつける。

「ん……っ」

すぐに激しく舌を絡ませ、存分にティエンを味わいながら、上着を脱ぎ捨て、ネクタイの結び目を緩める。

高柳の動きに、ティエンは驚いたように目を見開くのがわかる。何かを言いたそうに顔を逸らすが、先ほどと同じで許しはしなかった。

シャツのボタンを外し、ウエストから裾を引き出し、今度はティエンのベルトに手を伸ばす。

「何をしてる」

高柳の肩を押し返してようやくティエンの口が解放された。

「見ればわかるだろう？」

濡れた唇を拭った高柳は、そのまま手を離すことなく、ボタンを外し、ファスナーを下ろす。

何もしなくてもはっきりとティエンの存在がわかる。

「こんなことをして、後悔するのはお前だ」

「どうして？　君がいつも俺にしていることじゃないか」

左右を大きく開き、下着の上からティエンに直接触れる。

「俺がさせるのと、お前が自分からするのでは、違う」

「どこが？」

ティエンの顔を見たら、きっと決心が鈍る。だから高柳は絶対に視線を上げなかった。

その代わりに、ティエン自身に、下着の上からそっと舌をつける。

「僕は君に飼われる。でも、その前に僕は君を金で雇っている。僕が楽しんだって、バチは当たらないだろう？」

喋りながらも、舌をそこへ押しつけていく。どくどくと強く脈を打っているのが、はっきりとわかる。その脈に煽られて、高柳も疼いてくる。

だが今は、ティエンを高めることに集中する。

下着を下ろそうとしたところで、ティエンの手が高柳に向かって伸びてくる。

「まだ何か文句があるのか？」

「文句はない……が、やるからには俺も楽しませてもらおうかと思っただけだよ」

高柳の手を阻むのかと思っていたら、その手は高柳の開いたシャツの間から、中へ潜り込み、胸に触れた。

「…………っ」

指の先が触れただけでも、電気が流れたような刺激が生まれる。

「自分から誘っておいて、この程度でもう駄目か？」

揶揄するティエンの表情は、すでにいつものシニカルさを含んだものに戻っていた。

「——そっちこそ、僕が触っただけで、硬くしてるじゃないか」

「当然だろう？　俺はどんなときも、お前に挿《い》れたいと思っているからな」

当然のように放たれる低い声の持つ甘さに、背筋がぞくぞくする。

「フェリーに乗っている間も、降りてからも、食事をしているときも……フカヒレを食べているときのお前の舌の動きは、特にいやらしかったな。酒を飲んでいたせいで肌は紅潮して、唇の上のホクロが、常に俺を誘っていた」

「――誘ってなんてない」

「体は正直だな。お前の嘘に、すぐ反応して硬くなっている」

「ああ……っ」

カリっとそこを弾かれて生じる感覚に、高柳は背中を反らす。

「もう降参か？　俺を楽しませてくれるんじゃなかったのか？」

もっと下に触れてほしいのに、その手はあくまで胸の辺りをさまようだけだ。高柳はくっと小さく息を呑み、改めてティエンのものを下着から導く。

完全に勃起していなくても、その硬さと大きさは、かなりだった。

（これが僕の中に……）

想像するだけで、全身に粟立つような感覚が生まれる。口の渇きを癒《いや》すべく軽く唾を呑み込み、上半身を屈めてティエンを口に含む。

先端から根元まで、軽く吸い上げながら、たっぷりの唾液で濡らしていく。舌を動かすたび、ティエンがびくびくと反応する。その感覚に煽られるように、さらに強く愛撫する。

初めてではないのに、なぜかやけに新鮮に感じられた。強制されるのと、自分の意思で求めるのとでは、何かが違うのかもしれない。

髪に伸びてくるティエンの指の動きも、胸に触れる掌の熱さも、すべてが愛しく思える。

「――もう、いい」

抑揚のない声とともに、ティエンから剥がされそうになる。だが、高柳はそれを拒《こば》む。

喉に達するぐらい深くまで含み、存分にティエンを味わいたい。奥歯で軽く噛むと、ティエンの腰が浮く。

「……っ」

聞こえてくる小さな吐息に、頂上が近いことを知る。さらに舌を使って嘗めようとしたが、その前に頭が浮いた。

「あ……っ」

「俺の言うことを聞けと言ってるだろう?」

乱暴に体を反転させられ、ティエンに組み敷かれる格好となる。

「ティエン……」

「お前のまどろっこしい舌遣いじゃ、達きたくても達けない」

吐き捨てるように言って、ティエンは高柳のズボンの前を開き、膝辺りまで下ろすと、体を反転させた。

「あ………」

　間髪入れず、双丘の狭間にある部分に濡れた感触が訪れる。つんつんと突かれたかと思うと、すぐにずるりと中に伸ばされる。

　酔いのせいもあるのだろうが、連日ティエンを受け入れているそこは、すぐに快感を予測して、浅ましいまでに強い収縮を繰り返す。

「本当に好きだな……」

　そこに、熱い息がかかる。

「自分でわかっているか。ここがどんな風に俺を誘っているか」

「や、ああ……っ」

　舌ではなく指を挿入される。ぎゅっと締めつけるのが、自分でもわかる。でも、そんな細いものでは、足りない。早くティエン自身が欲しくて、痛いほどに窄《すぼ》まっている。

「欲しいか」

　熱いティエン自身がぎゅっと押し当てられる。灼熱のようなそれは、触れるだけで高柳の肌を溶かしてく。

「……欲しい」

　火照る体をもっと熱くしてほしい。

「ティエンが欲しい……」

「じゃあ……やるよ。お前の欲しいものを」

背後から伸びてきた手が顎に触れ、半ば無理矢理顔を後ろ向きにされる。唇を軽く噛むように啄《つば》むキスをしながら、じっくりと硬度を増したティエンが高柳の中へ押し進んできた。

「んん……っ」

最初の瞬間、どうしても息を呑むが、そこから先は内側の蠕動に導かれるように、どんどん奥へ進む。

「ティ、エン……っ」

より深い繋がりを求めるように、両手を床に突っ張る。

「もっと……もっと……めちゃくちゃにして……君のもので、僕をめちゃくちゃに……」

何もできない代わりに、少しでも体の喜びを与えたい。自分だけが求めるのではなく、求められたい——快感を、与えたい。

「知らないぞ……俺は……どうなっても」

ティエンは囁くように呟いたあと、高柳の求めに応じるべく、激しい突き上げを繰り返した。

(どうなってもいい……)

そう心の中で呟いたあと、高柳の意識は霧散し、理性は砕け散った。

快感だけを貪り、はしたない声を上げ、何度も何度も達きながらも、心の奥底でそっとささ

やいた。
ティエン、愛している、と。

6

「全く、横暴すぎる」

ティエンに再会した日のスーツを身に着けた高柳《たかやなぎ》は、ぶつぶつとぼやきながら、中環《セントラル》へ向かうバスに乗っていた。ちょうど昼食の時間なのだろう、強い日射しの中、汗をハンカチで拭いながらも、大勢の人が街に出ている。自分も一週間前は、同じように歩いていた。

外は灼熱でも、建物の中に一歩足を踏み入れると、寒いほどの冷房が効いている。そのため、背広の上着を脇に抱え、長袖のシャツを肘まで捲り上げ、ＭＴＲを乗り継ぎ、省庁から関係企業を走り回っていたのだ。

つい昨日も、この近くまで訪れている。

だが、やけに自分とかけ離れた世界に思えてしまう。仕事に戻れば、この違和感は消えてくれるのだろうか。王氏《ワン》の件が片づいたところで、自分は仕事に戻れるのだろうか。ティエンとの関係はどうなるのか。

（今は考えるの、やめておこう）

あえて落ち込むことを考えることはない。今はとにかく、当初の予定通りにウェルネス香港支店をオープンさせられることを願おう。

昨日、香港観光から戻ったあと、玄関で続けざまに二度、ベッドでもう一度、セックスした身には早すぎる時間、ティエンに電話が入った。高柳が寝ていると思ったのだろう。ベッドサイドで話をしていた内容からすると、王氏や弟のゲイリーに動きがあったらしかった。

「わかった。すぐに行く」

そう答えたあと、ティエンは急いでベッドから下りて浴室へ向かう。シャワーを浴びて戻ってきたとき、高柳が起き上がっていることに、ひどく不快な表情を見せた。

「まだ寝ていろ」

しかしすぐに表情を戻したティエンは、濡れた髪をタオルで拭いながら、眼鏡を掛ける。

「僕も行く」

「――どこへ」

驚いた様子も見せず、ティエンはぱりっと糊の利いたシャツに、素肌のまま袖を通す。細い銀糸のストライプの入った白シャツの背中は、ティエンの肌の色が微妙に透けて見えるせいか、強烈な艶を放っている。

「さっきの電話。先生からなんだろう？　王氏がどうとか言ってたよね？」

「夢でも見ていたんじゃないのか？」

細い足をダークグレーのスラックスに通し、ファスナーを上げ、ベルトでウエストを留める。

手際よくネクタイをしめると、上着に手を伸ばす。

「いいよ。君がそういう態度を取るなら、僕は僕で勝手に……」

「駄目だ」

最後まで言い終える前に、遮られる。

「何が駄目なんだよ。僕はまだ最後まで言ってない」

「言ってなくても、お前の言うことなんてわかり切っている。だから、どんなこともすべて駄目だ」

ポケットに煙草とライターを突っ込み、シャツの袖にカフスを嵌《は》めてから、左の手首に大ぶりの時計をした。

「だったら、外に遊びに行く」

「それも駄目だ」

「なんで？」

横暴な物言いに、むっとする。

「昨日、あれだけ長い時間、外に出ていたじゃないか」

「あれは俺が一緒だったからだ」

「それって、僕一人だと、駄目ってこと？」

「そうだ」

当然のように言い放たれて、頭に血が上った。

「人のこと、なんだと思ってるんだよ。君がマンションにいるならともかく、君もこれから出かけるんだろう？　君に飼われている僕は、一人で大人しく、ペットみたいに、君の帰りを待てと言うのか？」

「よくわかっているじゃないか」

高柳の言葉にふっと笑う。その笑い方に、思い切り神経を逆撫でされる。

「僕はペットじゃないと言ったはずだ」

「そう思いたくないのは勝手だ」

先は言わずとも、ティエンが何を思っているかはわかる。高柳は奥歯を強く噛み締めながら、それでも堪えきれない怒りの代わりに、手元にあった枕をティエンに投げる。

「ティエンのばか」

やすやすと避けるティエンに、もうひとつ投げる。が、それもティエンには当たらない。当然だ。実際、ティエンにぶつけるつもりで投げていないのだから。

それでも納得していないという、込み上げてくるどうしようもない意思表示のつもりで投げたのだ。

ティエンは何も言わずに枕をふたつ拾い、それをベッドに戻す傍ら、シーツを握り締め俯く高柳の頭に、そっと口づける。

「いい子で待ってろ」

蕩けそうな甘い声を聞くだけで、ティエンに従ってしまう自分に、情けなくなる。

惚れた弱みだ。だが高柳は、それで大人しくしているような人間ではなかったのだ。

ティエンが外出してからすぐ、リビングのサイドボードの中から、部屋の鍵を見つける。昨日外出する際、ここから鍵を取り出したのを見ていたのだ。

しかし、着替えを済ませた頃にはもう、ティエンが家を出てから、軽く一時間近く経っていた。今さら追いかけようとしても、どこへ行ったのかはわからない。

それでもとりあえず外に出て、まずは会社に向かうことにしたのだ。


MTRの中で、会社に行って何をするか考える。とりあえずあの日以来、放置しているため、電話とファックス、それからメールの確認をせねばならないだろう。香港内部の社員はともかくとして、この数日まるで連絡がないことに、本国では心配しているに違いない。

ヨシュアは、高柳がティエンに会いに行っただろうことは知っているだろう。けれど、今、こんな事態に陥っていることは、予想もしていないだろう。

それから、上司の見舞いにも行きたい。ティエンにかかってきた先生からの電話では、順調に回復しているそうだが、自分の目で確かめたい。

そして、少しでも元気づけたい。

なんとかなるはずだと、伝えたい。

不思議なほどに、王氏の件で、ティエンのことを信頼していた。高柳には、わからないことばかりの今の事態を、ティエンは大半理解しているように思えた。

中の人間だからこそ、上司はあれだけ「リュウ」を恐れた。中の人間だからこそ、ティエンには見えるものがある。外の人間に過ぎない自分にはおそらく、「リュウ」の怖さも「リュウ」の持つ神々しさも、まだ理解できていない。

だが、龍を名前に持つティエンのことだけは、知りたいと強く思っている。

学生時代、知りたいと思うのと同じだけ、知ったら大変なことになると思っていた。だがそれは、ティエンを一人の人間として見ていなかったからの想いだ。ティエンの温もりを知り、一人の人間であると認識した今、人間であるティエンのことを深くまで知りたい。

何を想い、何を考え、今日まで生きてきたのか。今はまだ無理でも、少しずつ、近づいていく方法がないか。

だから、昨夜のように、同じ立場で話をしてくれているように感じるときはいいのだが、今日のように頭ごなしに決めつけられると、情けない気持ちになる。今さらだが、最初のやり方が間違ったのかも知れないと思うものの、それがなければ、今の状態もありえない。

ティエンには、自分から近寄るつもりなど、一切ないのではないか。本当に自分は、ペットと同じなのか。

そんなことを考えていると、気づいたら中環駅に着いていた。

慣れた道を歩き、スタチュースクエア近くのビルに向かう。セキュリティカードで内部に入り、エレベーターで事務所のある十七階まで上がる。

フロアには他の企業のオフィスもあるため、賑わっているが、ウェルネスの部屋には当然のことながら、誰もいない。

退社する際に下ろしたままのブラインドを上げて、電話とファックスの確認をするが、いずれも大した用件のものはなかった。

メールの方では、案の定、ヨシュアからのものが入っていた。

しかし、その後どうしたかという確認と、上司の容態を伺うだけで、こちらの事情は伝わっていないらしかった。

とりあえずそのメールには、上司が回復に向かっていることと、仕事については様子見だということを返信する。

とりあえず、真実は伝えていないが、嘘もついていない。高柳自身、何も出来ずにいる現状では、これ以外に何も伝えようがなかった。

「それから――」

書類を整理して、香港大学付属病院である、クイーンメリー病院へ行こうと思ったところで、電話が鳴った。

「Hello, this is Takayanagi speaking.」

『ウェルネス香港事務所ですか？』

相手は聞き慣れない掠れた低音の広東語だった。

『そうです。私は所員の高柳と申します。どなた様でしょうか』

『先日の契約の件で、お話ししたいことがありまして、電話しました』

やけに潜められているものの、はっきりと言葉を紡ぐ。先日の契約の件といえば――王氏に関わる件以外に有り得ない。

『――どちら様でしょうか』

『事情がありまして、今は名乗れません。ですが、どうしても直接お話ししたいことがあるのです。決してウェルネスさんに悪い話ではありません。ですから、少しお時間を頂けませんか』

周囲に声が漏れないよう、送話口を手で覆ってるせいか、声がくぐもって聞こえる。

名乗らないのはなぜなのか。漠然と「先日の契約」というのも、怪しい。

だが、この間の上司の恐れ具合や、マフィアが関わっていることを考えると、なんらかの具体的に言えない事情があるのかもしれない。

『弊社までおいでいただけますか？』

『それが……こちらが指定する場所においで頂けませんか？　人に見つかると困るのです』

さらに潜められる声に、疑いが晴れたわけではない。しかし、とにかく話を聞いてから判断しようと決めた。

『では、どちらがよろしいんでしょうか？　ご指定くだされば、こちらから参ります』

『魔羅上街《キャットストリート》内、南北和小館。午後三時』

『あの、お顔は……』

高柳が確認する前に、電話は切れてしまう。

「名前も言わない。自分の姿格好も言わなくて、どうしろって言うんだ……」

ツーツーという電話を見つめ、呆然とする。

魔羅上街は上環《ションワン》にある通りで、かつては娼館が並び、盗品を売る市があったらしく、今は雑貨を売る店が立ち並んでいる。

おそらく南北和小館はそこにある食堂なのだろう。

「……電話してきたからには、僕が誰か知っているということだよな……」

そしておそらく、高柳自身も、相手の顔を知っているのだろう。

声だけではとりあえずどこの誰か判断はできないが、話を聞くと決めたからには、行くしかない。三時ならば、その後で上司の見舞いに行くのも間に合う。

必要だろうと思われる書類を茶封筒に入れると、開けたばかりのブラインドをおろし、部屋の電気を切った。

鍵を閉めるとき、後ろ髪を引かれた。

事務所を開設したときのような賑わいと活気の溢れた場所が、まるで嘘のように思える。

「……またすぐに戻ってくる」

そう心に誓って、鍵を閉めた。


上環までは、MTRに乗らず、徒歩で向かう。魔羅上街には指定された時間よりも早く着いたが、店を探さねばならない。

「どこに食べ物屋さんなんてあったっけ？」

昼日中の日射しは強く、照り返しが眩しい。手でひさしを作るぐらいではまるで意味がないので、書類を頭にかざした。

ろくに観光をしていないため、魔羅上街に足を踏み入れるのも初めてだった。

細い道の両側には、小さな店がひしめき合っている。縦や横の、英語と中国語が混在した極彩色の看板は、まさに香港そのものだ。

客を呼ぶ店主の声や、観光客の楽しそうな声を聞きながら、目当ての店を探そうと思うが、早々に諦める。一軒一軒確認するほどに、時間的な余裕がない。少し早く店に着けば、まだ食べていない昼食も摂れるだろうと思っていたのだが。

『すみません。この辺りに、南北和小館という店はありませんか？』

手当たり次第、店主に聞くが、説明がわかりにくく、なかなか目的の場所にたどり着けない。

「この辺りのはずなんだけど……」

だが、看板が見当たらない。

店の前でうろうろしていると、背後から肩を叩かれる。

「……っ」

『——高柳さんですか』

驚いて振り返ると、俯き加減のスーツ姿の男が立っていた。

『貴方は……』

肯定する前に、確認を取る。

『先ほど電話した者です』

『よかった…なかなか店にたどり着けなくて、もしかしたらお会いできないかと思ってました』

ほっと安堵して相手の顔を見るが、どうも記憶になかった。どこかのっぺらぼうのようで、影が薄い。

『それで、貴方は……』

『とりあえず場所を移動しましょう。こんなところでは、きちんと話はできませんから』

『——そうですね』

食堂の中は客で一杯で、店員のオーダーの声が響いている。

『それで、どこへ?』

『先に抜けた場所に車を置いてあります。それで、移動しましょう』

ならば車で待ち合わせをしても良かったのではないかと思いながら、とにかく男に従う。細い道をうろうろ回りながら、やっと大通りに出ると、歩道に寄せた場所に見慣れた日本車が停車していた。

『あれです』

後部座席の扉が開かれる。

『ありがと……』

言いかけた言葉を途中で呑み込む。中には黒いスーツ姿の男が座っていた。その男は高柳が反応するよりも前に、ぬっと手を伸ばしてくる。

「―――っ」

声を上げる前に、口を男が手にしたハンカチで覆われる。どうやら、薬が染み込んでいたらしい。

(騙された!)

だが、既に遅し。

背後を振り返ったときには、もう意識が朦朧《もうろう》としていた。

「……ティ……」

『恨むなら、天龍を恨め』

遠くなる意識の中、吐き捨てるように男が口にした言葉と高柳が口にしようとした言葉は、同じ人物の名前だった。

人は死を直前にすると、過去の出来事が走馬燈のように脳内を巡るという。それは今までの経験の中から、なんとか助かる術はないかという自己防衛本能からくるものだと言う。

だが高柳は、気を失う瞬間、過去は一切思い出さなかった。瞬間に頭に浮かんだのは、相手が口にした名前の男、『天龍』こと、ティエンの顔だった。

銀縁眼鏡の奥の瞳に自分の顔が映し出される。そのときの表情だったのだ。

『お目覚め、かな?』

しかし、今回うっすら瞼《まぶた》を開いた高柳の視界に飛び込んだのは、ティエンとはまるで違う男の顔だ。

鈍い頭の痛みを堪えながら、目の前の人間の顔を認識する。

金糸の艶やかな刺《し》繍《しゅう》の施された中華服を身に着けていて、髪は薄めで顔には深い皺が刻まれている。ただ口髭《くちひげ》は鬱蒼《うっそう》としていて、いやらしい口元の赤さがやけに目立っている。

極彩色を用いた派手な造りの部屋の内装に、両脇を固める数名のいかつい顔をした男たちの姿を見ていると、まるで香港映画そのものだ。

おそらくそのうちの一人が、高柳を呼び出した男だろう。

『王……さん……』

この男の顔を、高柳ははっきりと記憶していた。

香港流通業界の長であり、香港経済界のトップに君臨する。裏では、香港マフィアの二番手に位置する、新界地《しんかいち》のボスらしい、王氏と名乗る男だ。

ウェルネスがアジア進出に香港を選んだ直後、ウェルネス本社の営業部役員、事務所の所長である上司、さらに高柳を含め、挨拶に行った際には、スーツを身に着けて、葉巻を銜えていた。

指には大きな石のついた太い指輪をいくつも嵌め、胡散臭《うさんくさ》さと同時に成金然とした印象を持ったのを覚えている。

そのときに比べると、いかにも悪役然とした様子を全面に押し出した今の姿の方が、逆に納得がいくというものだ。

『少々手荒なことをしてしまったことについては、私から代わりに詫びよう。急いであの場から離れたかったものでね。だが、まあ、体に傷はつけていないから、それだけは許してもらおう』

『これは――なんですか』

高柳は自分が今どんな状態なのかを、王氏の言葉を聞きながら確認した。

上着とネクタイ、さらにベルトはなく、両手を背後で縄で縛られた状態で、椅子に座らされていた。

『貴方が……今回の件での黒幕ですか』

ゆっくりと体を起こしながら尋ねる。

はっきりと何が起きているのかはわからない。だが、少なくとも、今日自分を呼び出した裏に、この男がいることだけははっきりしている。

『なぜですか。僕らはきちんと最初の段階から手順を踏んで、貴方にご挨拶にお伺いしました。その時には我々の計画に了承くださったのに、どうしてその後になって妨害してくるんですか』

『きちんとした手順というものを、米国人や米国企業は勘違いしていらっしゃる』

呆れた様子で、王氏はふうと白い煙を吐き出す。

『挨拶をする、ということは、手みやげを持ってくること。当然の考えじゃないか?』

『手みやげ……?』

『我々の土地に乗り込んでくる以上、それは当然のことだろう?』

指で作った丸に、それが金だということがわかる。

『それはもちろん、土地の所有者や買収企業に対しては、正当な金額を……』

『それはビジネスの上での話だ。私が言っているのは、あくまで人付き合いにおける常識の話だ』

また大きく、葉巻を吸った。

つまり、米国企業がこの土地で仕事をするからには、王氏にそれ相応の挨拶料を支払う必要があるということなのだろう。

言わんとしていることがわかっても、納得いかない。

『それはおかしいです。我々は香港で仕事をする上での正当な手続きをしています。また、もし貴方の会社が弊社と提携するのであれば話は別ですが、あくまで仕事の上で手を組むつもりはないと、あのときおっしゃっていました。だから、我々は他の企業へ買収の話を持っていったわけです。一緒に仕事をするわけではない、さらには一企業でしかない貴方に、挨拶料を支払う必要があるんですか？』

『――この土地でのルールがわからないなら、それでいい。実際君らはルール違反を犯した。だから、軒並み君らの取引相手は逃げ出したわけだからな』

肩を揺らして笑うその声が、やけに耳障りだった。ずっと聞いていたいと思うティエンとは正反対の声だ。

『つまり、我々が無礼を働いたから、当然の結果ということですか』

『まあ、そういうことだな。が、私もさすがに、心の狭い男ではないし、同じ業種を営んでいる者として、なんとか手助けできないものかと考えてみたんだ』

王氏が目で合図をすると、男の一人が手にしていた書類を高柳の前に置いた。

『なんですか、これは』

『君らが買収しようとしていた土地、および企業に、私が直接話をしてまとめて買い上げた。それらをぜひ、君らの会社に譲りたいと思ってね、その詳細について載せてある』

『――まとめて、買い上げた？』

『そう。結構大変だったよ。アメリカ式のやり方はかなり横暴だったらしくて、皆、簡単には頭を縦に振らなくてね、結局、金で片を付けることになった』

なんとなく話が見えてくる。

『それを一体、我々にいくらで売ろうとされているんですか』

『額は書類に出ている。今は契約の場ではないから、とりあえず話だけ聞いてもらおうと思っただけのこと。中は戻ってから見てもらえばいい。一応検討する時間は設けてあるが、香港で仕事をしたいのならば、我々の提案を受け入れる以外、道はないと思ってくれていい』

『我々がそれを受け入れると思っていらっしゃるんですか？』

『当然』

即答される。

『つまり貴方がNOといえば、契約自体、すべて頓挫《とんざ》するということですか』

『君は物わかりがよくていい。広東語も流暢《りゅうちょう》だし、あんな腰抜けを所長にするぐらいなら、君が所長になった方がいいんじゃないのかな？』

王氏は不気味な笑みを浮かべる。

『上司の事故は、貴方のせいですか？』

『とんでもない。彼は不幸な事故に遭っただけのことだろう？』

要するにウェルネスは、日本で言うならば、みかじめ料を支払わなかったことで、香港一帯の流通業のボスである王氏の顔に泥を塗ったということなのだろう。そしてそのみかじめ料以上の額で買取らせるという、報復処置に出ているのだろう。

一体どれだけの金額をふっかけているのか。予想もつかないが、法外な額に決まっている。本国に知らせれば、ふざけるなの一言で終わりだ。香港への出店は即諦める。それで話は終わる——表向きは。

ただ王氏が、それで黙っているとは思えない。そのいい例が、上司の件だ。

『——それで、ビジネスの話をするために、僕はこんなひどい目に遭っているわけなんでしょうか？』

この話をするならば、わざわざ街中に呼び出して、拉致する必要はない。それをなぜ、あんな手の込んだ真似をするのか。

『勘違いされては困るな。君に用があるのは、正確には私じゃない。強いて言うなら、私のはついで、だ』

『ついで——？』

『そう。君に用があるのは、香港の龍だ』

『――龍』

頭に浮かんだのは、上司の言葉。

『リュウを怒らせたら、俺たちは生きていけない』

そして先生に言われたこと。

『私たちにとって『龍』という言葉には、非常に深い意味が含まれます』

王氏が葉巻を灰皿に置くのを合図に、細かい彫刻の施された、重厚な木の扉が開く。

その扉の間から現われたのは、拍子抜けするほどに印象の薄い男だった。

印象の薄い――という表現はわかりにくいかもしれない。可もなく不可もなく、美形というわけではないが、醜悪というわけでもない。強いて言えば整った顔立ちをしているとは思うが、これといった特徴のない、教科書に載っているような『整った』造作だったのだ。

背も高からず低からず。もちろん高柳よりは高いが、高柳自身が平均より低い背なのだから、比べたところで仕方がない。

髪は黒。綺麗に手入れされているが、肩につくぐらいの長さがある。瞳の色も、遠目のせいでよく見えないが、おそらく黒。

ただひとつ他と違うところは、彼の身に着けているスーツのデザインが派手なところだ。一歩間違えると、歌舞伎町にいるホストのようだと思った。

別に、ケチをつけたいわけではない。

だがこれまで頭に浮かべていた『龍』のイメージからは、あまりにかけ離れていた。

具体的なイメージを持っていたわけではない。だが漠然と頭にあったのは、ティエンだった。

男は無言のまま高柳の前まで歩いてくると、男性として標準的な太さの指で、顎を摑んでクイと上向きにした。高柳を見る蔑むような視線を目にしたとき、ふっと頭にティエンの顔が浮かんだ。

何がどう似ていると言えないのだが、微かに彼を感じる。

『王氏。コレがそうか』

薄い唇から発せられた声は、龍ではなく、蛇が地を這うような音に思える。

『間違いございません。昨日、九龍島で天龍《ティエンロン》と一緒に歩いている姿を、何名もが目にしているそうです。さらに今日も、張っていたマンションから出てきたのを確認しているようですから』

丁寧な口調で王氏は答える。

『奴の考えることは、俺にはまったく理解できない』

吐き捨てるように言うと、顎から離した指先を、胸にあったポケットチーフで拭う。

天龍――ティエンの本名だ。

『紹介しよう』

目を見開いてじっとその男を高柳が見ているのに気づいたのだろう。王氏が口を開く。

『香港最大のマフィア、黎《ライ》一族の当主である、黎地龍《ライディーロン》様だ』

高柳の全身が震える。それは、ティエンの弟の名前だ。腹違いの兄弟だとしたら、ティエンを感じるのも当たり前だ。

『本来なら、外の人間が会えるような方ではない。地龍様、いかがされますかな？』

『──劉《リュウ》』

王氏の問いかけには答えることなく、地龍が声を上げると、すっと影のように男が従った。

『お呼びでしょうか』

艶のある髪を結び肩口まで伸ばし、中華服に身を包んだ美麗な男の顔を目にした瞬間、その名を呼びそうになった。

ちらりと向けられる視線に気づき、咄嗟《とっさ》に口を覆いぎりぎりで堪えた自分を、褒めてやりたくなった。

『奴はどうしている？』

『朝方外出したあと、まだマンションには戻っていない様子です』

『コレを拉致したことは？』

『そろそろ耳に入っている頃かと』

おそらく『奴』とは、ティエンのことだろう。

『僕に用があるなら、僕に言えばいいじゃないですか。二人で何をコソコソ喋《しゃべ》っているんです、か……うっ』

高柳が怒鳴ると、音もなく近寄ってきた黒服の男に腹を殴られる。

『態度に気をつけたまえ。先に言っただろう？　本来なら、外の人間が会えるような方ではないのだ』

王氏が肩を揺らして笑う。

『劉』

『は』

『何をすることが一番、奴にダメージを負わせることができる？　一気に殺してしまった方が、僕の力を奴に思い知らせるためには得策か？』

『それは……』

顔色ひとつ変えない地龍の言葉を受けて、壮麗な美貌の持ち主は小さく息を呑む。地龍の視線は、高柳に向けられ、肌をじわじわ這い上がっていく。

『良いことを思いついた。陵辱《りょうじょく》してやろう』

そう言ったときも、表情に変化はない。

『地龍様……』

僅かに男の声に、戸惑いが混ざる。高柳はただ呆然とそのやりとりを見つめてしまう。自分のことを話されているという実感がなかった。

『体を痛めつけるのでは、面白くないし、血が飛び散るのでは美しくない。もちろん普通の男相手にいたぶったところで面白くないが、このような綺麗な貌《かお》の男を嬲るのなら、話は別だ。奴が可愛がっているだけある。この男の嫌がる様は、見ている側も楽しめるような気がするのだが、どう思う、王氏』

『――おっしゃる通りかと存じます』

王氏は恭《うやうや》しく頭を下げてから、いやらしい目つきで高柳を見る。

『実は最初にこの男を見たときから、裏のマーケットなら、高く売れるだろうと思っていたところでございます』

『何、勝手なことを……』

王氏の視線と口調でようやく、事態が認識できる。

地龍の言う「コレ」は高柳のことで、「奴」はティエンのこと。ティエンに対する腹いせのために、高柳をいたぶろうと、そう言っているのだ。

『僕に何をしても、ティエンが動くわけがない。僕と彼は、なんの関係もない』

『ならばなぜ、貴様は奴の家にいる？』

目の前までやってきた地龍の目が、初めて高柳に向けられる。なんの感情も感じられないその瞳の怖さに、ぐっと息を呑む。

今回のウェルネスの件で、ティエンを巻き込んだことを、この場で言うわけにはいかない。

あくまで個人的な事情で頼んだだけで、決して新界地と黎一族を争わせたいわけではない。それに何しろこの場には、その黎一族の当主たるティエンの弟がいる。

高柳の一言で、とんでもないことに発展する可能性がある。だから、絶対に言ってはいけない。

地龍の細い手には、綺麗な龍の細工の入った短剣が握られていた。鞘《さや》から抜き出された刃は、部屋の照明に鈍い光を放っている。

『昨日、奴と九龍へ行ったそうじゃないか。仲睦まじい姿だったと、誰もが言っていた』

剣の刃が襟元に差し込まれ、ゆっくり下りていき、ボタンが弾かれていく。

『大学時代の同級生だそうだな』

最後のボタンを外したあと、切っ先が肌に一筋の線を残す。ピッと張り裂けるような痛みのあとで、その線から赤い血が、ほんのりと滲み出してきた。

「The collarbone《鎖骨》, the rib《肋骨》」

刃先の冷たさが、肌に伝わってくる。

『体に残るこの痕は、誰がつけた？』

胸元の中心に残る情事の痕で、剣が止まる。

『――虫刺され』

高柳は短い言葉で答える。長い文章を話した途端、ぼろが出るのがわかる。

怖いのだ。あまりに現実離れしたこの状況に、全身が竦み上がるような恐怖に苛《さいな》まれている。

それでも泣くことも叫ぶこともできない。ウェルネスのことがある以上、ここで殺されることはないだろう。だが、地龍が向けてくる視線の危うさには、心底、怖いと思う。

絶対に、ティエンとのことは、自分の口が裂けても言わない。

ティエンを巻き込んではならない。自分がどういった理由でここに連れて来られていようと
も、それはティエンのせいではない。

自分がティエンを好きでなければ、自分がばかなことを考えなければ、こんなことにはならなかったのだ。

『──貴様は立場がよくわかっていないらしいな』

吐き捨てるように言うと、ガタッと座っていた椅子が音を立てる。地龍が椅子の脚を蹴飛ばしたらしい。

剣先でズボンのボタンを弾き飛ばし、もう一方の手でファスナーを下ろす。そして下着の上から高柳のものに触れてくる。

ただ、高柳をいたぶるためだけに。

「……っ」

爪の食い込む感覚に、細い痛みが広がる。

『奴はどうやってお前に触れる？　ここを嘗めてもらったか？　もっと奥に奴のものを入れられたのか？』

地龍は自分の顔を高柳に近づけ、その反応をじっと見つめている。

掌全体でぐしゃりと握るようなやり方に、不快感と痛みを覚える。

「……う……っ」

しかし、巧みに動かされる指の動きや弱い部分に触れられると、こんな状況でも、浅ましい感覚が生まれようとする。

(なんだ、僕の体は……)

あまりの情けなさで、激しい自己嫌悪に陥りそうになる。それでも、一度目覚めてしまった感覚は、唇を噛んで必死に堪えようとも、消えてはくれない。

望まない相手の男の手の動きでも、内部に熱を溜め、欲望を示そうとしている。

全身の肌がざわめきだし、眠っていた細胞が目覚める。快感を求め、蠢きだそうとしている。

『どうだ。奴との関係を言う気になったか』

しかし、地龍のその言葉で、我に返ることができる。

高柳は地龍の貌を睨み、ふっと笑う。

『さっき言ったとおり。大学時代の同級生です』

『愚か者め』

細い鞭のようにしなった地龍の手が、思い切り高柳の頬を殴る。瞬間、キーンという金属を鳴らしたような音が耳の中にこだまし、遅れて殴られた頬がじわじわと熱を持ったように熱くなる。

口の中のどこかを切ったらしい。鉄の味が広がっている。だが、なぜかおかしかった。

「痛……」

『――劉』

地龍は笑いながら呟きを漏らす高柳を一瞥《いちべつ》することもなく冷徹な声で背後の劉――先生を呼んだ。

『なんでしょうか』

『続きはお前がやれ』

高柳に触れていた手を払い、伸ばした手を男の持っていたタオルで拭わせる。

『――私が、ですか』

『そうだ。この男が自分からすべて話したくなるように、殴られる痛みよりも強い辱《はずかし》めを与えてやれ。奴が、怒り狂うぐらいの、な』

地龍の言葉に、初めて感情が混ざる。

『やり方は』

『貴様に任す』

『かしこまりました』

恭しく頭を垂れたあと、先生は音もなく高柳の前までやってくる。ロボットのように感情のない顔で、じっと魅入られる。

先生がなぜここにいるのかは、聞かずとも明白だ。

ティエンのところで会ったときにも、地龍から電話がかかってきていた。ティエンの話からも、地龍に従っていることも知っている。

それでも、冷ややかな視線が近づくにつれ、敵か味方か判断しかねて心臓が大きく鼓動する。

「――決して、抵抗しないでください」

耳朶を噛みながら、吐息で紡がれたのは日本語だった。他の人には聞こえないほどの、消えそうな囁きだ。

「悪いようにはしません。ただ、少しだけ、我慢してください」

その唇が、頷きかけた高柳の首に下りて、尖った歯をそこに突き立てる。

「……っ」

そのまま舌は剣で傷つけられた傷跡を、ゆっくり辿っていく。ティエンのものとは違う、もっとすべらかで柔らかな舌のもたらす刺激で、ゆっくり這い上がってくるものがある。

『劉。そこに立っていたら見えないぞ。私にも見えるように移動しろ』

いやらしい目つきの王氏が下卑た声を上げる。

その言葉に従うように、先生はその場にしゃがみ込み、高柳の膝に手を置いて、左右に大きく開いた。そしてほっそりとした手で少しずつ熱をもったそれを支え、薄い唇を寄せてくる。

「ん……っ」

ぴちゃっという音が、高柳の耳を刺激してくる。肌に触れたときと同じ、高柳の記憶に染みついているティエンと違う動きと感触に、予想以上の感覚が生まれる。

感じたら、相手の思うままだとわかっている。だが、堪えようとしても巧みな舌技に、体が負けてしまいそうになってしまう。

先生は尖った舌先で、先端部分から根元までを辿り、ところどころ、強く吸っていく。強くはないが確実にポイントを見極めた愛撫に、じわりじわりと硬くなっていく。

動きそうになる腰を、先生の細い手が阻む。その手は太腿の脇を辿り、背後まで回って手を縛っている椅子の背に回る。

(あ……)

他には気づかれないような微かな動きで、彼の指が確実に縄を緩めていくのがわかる。ばれたら、先生もただでは済まないだろう。あまりに大胆な行動に驚きながら、他に気づかれないようにと、高柳は甲高い声を上げる。

もちろん、まるきりの演技ではない。滑らかなその舌の動きに、翻弄されているのも事実なのだ。

「んん……」

『そうだ、そうだ。もっといやらしい顔をしてみるがいい。劉。お前の後は私に回せ。最後までは《 》やるなよ』

本性丸出しな声に、高柳は眉を顰《ひそ》めた。

こんな男が流通業界のトップにいるのでは、あまりに先が見えている。ため息をつきたくなったとき、椅子の背に回っていた先生の手が、思わぬ場所へ移動していた。

「く……」

腰の奥の窄まりを指で突かれ、咄嗟に腰を弾ませてしまう。その瞬間、かろうじて手首の角度で巻き付けた状態を保っていた縄が、はらりと絨毯《じゅうたん》へと落ちていく。

「あ……っ」

しまったと思ったときにはもう、周囲の男たちが一斉に、胸に隠し持っていた銃に手を掛けていた。先生は瞬時に反応し、高柳を庇うように、椅子の上から頭を抱え込んでいた。その間、僅か数秒だろう。

咄嗟に全身に力を入れ、体を包む先生の腕を掴む。

（ティエン……っ）

『――動くな』

駄目だと思った瞬間、耳に飛び込んでくる声に、高柳は小さく息を呑む。

高からず低からず、金属的で抑揚がなく、どことなくぶっきらぼうだが張りのある声。

『天龍』

『一歩でも動いたら、こいつらの命がなくなる』

『久しぶりだな、ゲイリー。それから、ミスター王』

王氏の喉元にナイフ、地龍の頭には銃口を向けたティエンの目つきは、獲物を捉える寸前の獣のように、鋭かった。

7

『なぜお前が、ここに』

王氏のたぷたぷとした顎の下の肉に、ティエンの握ったナイフの切っ先が触れている。その刃先に怯えているせいか、王氏の声は明らかに上擦っていた。

『今朝から、張っていた。あんたらが動き出すのを』

ティエンの表情は変わることなく、口調も不気味なほど滑らかだ。

『俺が不在にすれば、必ずあの男が動く。そうしたら確実にあんたらは動き出す。昨日、わざわざ派手に観光名所を歩き回った甲斐があったというもんだ。あんたらはしっかり、彼の存在を認識してくれていたようだからな』

薄笑いを浮かべての言葉に、高柳の背筋が冷たくなる。

昨日——ティエンと香港の街を回った。ティエンに対し、己の気持ちを偽り続けていることに、後ろめたさともどかしさを覚えていた。それでも、ティエンと外出できたことを喜んでいたのも事実だ。

けれどそれは、ティエンと一緒にいる自分の存在を、王氏らに知らしめるためだけだったということか。

『ミスター王。返還前の香港から出て行く際、あんたに言ったはずだ。二番手の地位で満足しているのなら、何をやろうが一切手を出すつもりはない。だが、万が一その均衡を破ろうとしたら、ただではおかない――と』

『わ、私は、何も……、何もしていない。全部、地龍の差し金で……』

『誤魔化せると思うな』

ティエンの鋭い声は、言い逃れを許したりはしない。

『すべて、劉が調べ上げている。ウェルネスに関する横やりも、その書類に出ているんだろう？』

ぐっとナイフを握る手に力が籠る。

『あんたらは俺を怒らせた。ということは、それだけの覚悟があったということじゃないのか』

『――天龍。ばかなことは、や、やめたまえ』

王氏の、顎の下の肉に、ナイフの切っ先が触れている。

『俺にばかなことをさせているのは、あんたらの方だ！』

低い声で怒鳴る。

一分の隙すらないというのは、まさに今のティエンの状態を言うのだろう。背後からやってくる敵の気配に気づくと、地龍に向けていた銃口を瞬時にそちらに向けて発砲する。だが次の一瞬には再び、地龍の頭に拳銃は戻っていた。

『うわあああああ……』

肩口を押さえてその場に崩れ落ちる男の掌の間から、どす黒い血が溢れ出す。その後ろから、また新たな敵がやってくる。

「ティエン、後ろ！」

咄嗟に高柳が叫んだものの、彼らはティエンの横を素通りし、持っていた銃を周囲にいる男たちに向けた。

それを合図に、先生は椅子の背に上半身を預けるような格好で、まさに香港映画で見るような見事な蹴りで、真後ろにいる男たちを倒した。

『少々、遅かったようですが、どこかで寄り道でもされていたのですか？』

『半ば無理矢理だったがな』

乱れた髪を直しながらの嫌味な先生の言葉に、ティエンはぶっきらぼうに応じる。

『な、んだ、劉。貴様、僕を裏切るというのか？』

それを見た地龍は、甲高い声で先生を責める。

『裏切るなんてとんでもございません』

先生は高柳の身の安全を確認してから、すっと前に進み出る。そして地龍ではなく、ティエンの前に当然のように跪《ひざまず》いた。

『私のお守りすべき龍は、初めからティエン様お一人です』

なんの躊躇《ちゅうちょ》もなしに絨毯に両手をついて、ティエンの穿いている革靴の先に口づける。凛《りん》と

していて、恭しい先生の態度に、みるみる地龍の顔色が変わっていく。

『貴様等、何をやっている。誰が主人か、誰が黎一族の当主か忘れたのか。ティエンは裏切り者だ。みんな知ってるだろう！』

必死に叫ぶものの、誰一人として、地龍の命令に従おうとはしない。したくても、できない。王氏ですらナイフを喉元に押し当てられたまま、顔色を真っ青にしてぶるぶる体を震わせるだけだ。

『王。お前も何をしている。みんなに言ってやれ。ティエンは裏切り者だと。お前がティエンを殺さないなら、俺がお前を殺すぞ』

『ち、違う。元々、黎一族の、龍は、天龍、ただ、一人だ』

今にも失禁しそうなほどに震え上がった男がそう言った瞬間、地龍は自分に向けられた銃口を忘れたように、ティエンの首に両手を伸ばした。

『ティエエエエエン――っ』

すべての感情がティエンに向けられたように、細い指をぎりぎりとティエンの首に食い込ませる。だがティエンはまったく顔色を変えることなく、眉を僅かに顰めただけで、改めて弟の額に銃口を押し当てる。

『貴様……』

指がトリガーに掛かり、カチャリという音が部屋の中に響く。誰もがその瞬間、息を呑む。

ティエンの地龍を見るその表情は、紛れもなく真剣なものだった。本気で、銃を撃とうとしている。

「ティエン……、駄目だ！」

高柳には何もできない。それでも叫ばずにいられない。自分の声で、ティエンが一瞬でも踏みとどまれば――そんな願いが届いたのか、覚悟していた銃声は聞こえてこない。

『――愚か者め』

その代わり、地を這うがごとく低いティエンの声が響き渡る。

『傀儡《かいらい》のままで大人しくしていれば、俺はお前が何をしようと口を挟むつもりなど一切なかった。だがお前は、欲を出した。おまけに、俺が罠を掛けたとはいえ、手を出してはならない人間に手を出した。それも俺をいたぶる代わりに――お前は、そこまで俺を恨んでいるのか』

『当たり前だ』

ティエンの問いを、地龍は肯定する。

『黎の正当な後継者は僕だ。それなのに、誰もが天龍のことばかり言う。何かと比べられる。このままでは黎一族が駄目になるとまで言って、天龍を連れ戻そうという意見まで出る。貴様は、最大の禁忌を犯し、香港から追放された裏切り者なのに。だから僕は自分の力を見せつけなければならなかった。ティエンなどいなくとも、黎一族は成り立つことを、証明せねばならなかったのだ』

『そのために、王氏の甘言に乗ったのか』

『アメリカのウェルネスは、世界的にも優秀な企業だ。その企業との絶対的なコネクションを作り支配することで、黎の名前を世界に拡げることになる、と』

『それで……あいつと手を組んだのか』

『そうだ。それの何が悪……ッ』

ガツッと音がして、開き直ろうとしていた地龍は、その場に蹲《うずくま》っていた。さらに天龍は、思い切り地龍を続けざまに蹴飛ばす。

『ばかが！　利用されているだけだと気づけ。新界地なんかに黎の名前を勝手に使わせて、プライドがないのか、お前はっ！』

「ティ……」

烈火の如く怒るティエンを止めようと、足を踏み出した高柳の体を、先生が無言で制す。

「でも……」

「貴方の出る幕ではございません」

そう言われてしまうと、何も言えなくなる。でも、地龍は本気で苦しんでいる。そんな地龍を蹴るティエンが、苦しくないわけがない。それなのに、ティエンの攻撃には、まったく容赦がない。

『俺が香港を出たのは、一族を裏切るためではない。お袋に、俺がここにいたのでは、一族に災いが起きると言われたからだ』

続けざまの蹴りを中止し、ティエンは腰を屈め、がっくりと項垂《うなだ》れる地龍の胸倉を摑む。唇の端からは血が流れ、目元にも殴られた痕があった。

苦しげに息をしながら、それでもティエンを睨むその視線は憎しみに満ちている。

『でもあのときお前は確かに、一門から破門されて……』

『そうしない限り、黎の当主が島を出ることはできない。だから、一部の人間にのみお袋の話をして、協力を仰いだだけだ』

香港を出たところで、常に黎の龍は香港を見ている――そういう意味を含めて、王氏他、一門の当主たちと手を組み、ティエンを裏切り者に仕立て上げ、香港から追い出した形を取った。

『お前はそれなりによくやっていた。何も起こらなければ、俺は二度と戻るつもりはなかった。それは今も変わらない』

『天龍――』

『今回だけは許してやる。だが、二度目はない。そのときには有無を言わさず、俺がこの手でお前の頭をぶっ放す。お前はたった一人の俺の血縁であり、黎一族の当主だ。その意味をよく考えろ』

手にしていた銃を地龍の顎に押し当てたティエンは、地を這うごとく低い声で、そう言った。

それからゆっくり、高柳に視線を向けてくる。苛烈さの残る表情は火を纏い空を巡る龍の姿を想像させる。

カオルーン・シャングリラ内にある中華料理店、香宮《シャンパレス》で目にした、あの火龍を——だから、怖くなかった。

「ティエン様のお母上は、あのレパルスベイのマンションに穴を空けることを提言された、香港一の力と謳《うた》われた力を持つ風水師であり、私の師でもありました。お母上の家系は代々優秀な風水師をされています。私は物心つく頃には師の元で修業をしておりましたので、ティエン様のことを幼い頃より存じ上げております」

先生はゴブラン織りの美しいソファに座った高柳の傷を消毒液で手当てしながら、そう説明する。

高柳が拉致されていた場所は、太洋山頂にある、黎一族の本拠だった。

元々の土地が狭く、さらに山の多い香港では、超高層マンションに住む人間がほとんどだ。一軒家を持つこと自体贅沢な中、広大な土地と城のような派手な外観を持つ豪奢な家が建っている。

その奥に位置する、ティエンの私室だったらしい場所に、高柳は連れてこられた。

先ほどの部屋と同じで、壁や柱に派手な装飾が多く、置かれている調度品のひとつひとつが、素人が見ても一目で高級品だと想像できるような物ばかりだ。

掃除も行き届いていて、綺麗だ。けれど、人の温もりや生活感の感じられない綺麗さに、落ち着かない気持ちにさせられる。

戦意を喪失した地龍の処分は後回しにされ、王氏はティエンと一緒にどこかへ行ったまま、いまだ戻ってきていない。

「ティエン様のお父上にはすでに奥様がいらっしゃいましたが、何かと相談に乗っている間に、愛が芽生え、ティエン様がお生まれになりました」

「痛……っ」

「申し訳ありません。染みましたでしょうか？」

言葉を切った先生は、心配そうに高柳の顔を覗き込んでくる。

「いえ、平気です。話を続けてください」

地龍に叩かれたときに切れた唇と、胸の皮膚をうっすら切られた傷が、微かに痛むだけだ。すでに血は止まっていて、薬を塗れば済む程度の浅さだ。

「ティエン様には、風水に関する力は備わりませんでした。が、天才的な頭脳の持ち主でした。その二年後、ゲイリー様がお生まれになったときより、お母上はティエン様が黎の龍たる人間であると同時に、火種になることをご存知でした。そのため、幼い頃からアメリカなどの諸外国へ旅行をさせ、来るべきときに香港を出る手はずを整えておりました。香港返還の年、黎の先代当主、つまりティエン様とゲイリー様のお父上が何者かの手により殺害されるその時まで――」

背筋がびくりと震える。

「誰に……ですか」

「はっきりとは申し上げられません。が、王氏が関係する、黎一族とは対立するとある組織の人間とだけ申し上げておきましょう。ティエン様はその人間を人知れず殺害したのち、自分が黎一族の当主になることに反対した父親を殺したのだと嘘を言い、一族を破門されることとなりました」

「それが、さっきゲイリーさんの言っていた裏切り、ですか?」

「そうです」

「つまり、ゲイリーさんは、ホントにティエンがお父さんを殺したと思っているんですか?」

「――おそらく、という推測でしかありませんが、さすがにゲイリー様もばかではございません。周りに数多くの人間もおりますし、当初はそれを信じていたにしても、今はそうではないことをご存知です」

「だったら……」

「でもその理由をティエン様ご自身がおっしゃらない以上、ゲイリー様には尋ねることもできません。お母上は違っても同じ血を分けた兄弟でありながら、ティエン様がお一人で仇討ちをしたことに、理不尽な感情を抱かれているのだろうと思います」

　地龍の気持ちは、なんとなく想像できる。

「二人は、前から仲が良くなかったんですか？」

「仲が良い悪いという以前の問題でしょう。ゲイリー様のお母上はご健在で、黎の正当な当主はゲイリー様だと信じて疑われていません。ゲイリー様もそれはご存知ですから、ティエン様に対する感情は、かなり複雑なものだと思われます」

　好き嫌いを考えることすらできない兄弟の間には、どんな感情が生まれるのか。まるでわからない。

　だが憎しみだけではないだろうと思いたい。愛する気持ちが強ければ強いだけ、憎しみに変わったとき、その想いは強くなると思う。地龍もそんな感情を、ティエンに抱いているのではないか——。

「ティエンのお母さんは……」

「先代が亡くなるよりも前、何者かの手により、殺害されております」

「……殺されたんですか？」

　ひやりと背中が冷たくなる。

　ティエンは地龍に対し、「たった一人の血縁」と言った。だから亡くなっているだろうことは想像できたが、殺されたとは思ってもみなかった。

「香港随一の風水師が殺害されたことが知れたら、香港全体、もしくは全世界に散らばっている中国系の人間を巻き込む一大事となりかねません。それゆえ師は、事前に己がなんらかで命を落とした際には、公には病死とするようにと、申し伝えておりました。実際、そのようにされたわけですが、それから数か月後、犯人らしき人物の死体が、九龍湾に浮いておりました」

誰が犯人なのか、先生はそれを語らない。だから、高柳も尋ねはしない。

頭に浮かんだのは、ティエンの顔だった。それは真実かもしれないし、嘘かもしれない。だが、決してそれを口にはしない。嘘でも真実でも、先生が正解をくれるとは思えないからだ。

「それよりも、先ほどは申し訳ありませんでした」

重たい沈黙ののち、治療と話を終えた先生は、高柳に向かって深く頭を下げてくる。

「予定よりティエン様のおいでが遅かったので、間に合わないかと、時間稼ぎをせねばなりませんでした。とはいえ、高柳様には、大変に申し訳ないことをいたしました」

「いえ、それは……」

瞬間的に、恥ずかしさが蘇ってくる。

「最初に先生の姿を目にしたときは驚きました。でも、ティエンとの様子を見て、絶対にこの人はティエンを裏切らないだろうと思えたので、安心していました。もし、あのままゲイリーが続けていたら、きっともっと大変なことになっていましたよね？」

「おっしゃるとおりですが……」

トントン……という小さなノックのあと、扉がゆっくりと開く。

ティエンは部屋の奥に座る高柳の顔を一瞬だけ見たあと、すぐに視線を逸らした。

「これ」

そしてぶっきらぼうに、書類を渡される。

「……何？」

「中を見ろ」

言われるままに、高柳は中にある書類を取り出す。そしてそこに書いてある内容を見て驚く。

「ティエン……これ……」

「今、用意させた。この先、ウェルネスの香港進出において、余計な口出しが入ることは一切ない」

王氏と黎地龍の連名で、ウェルネスの香港進出において、法律上の瑕疵《かし》がない以上、一切関知するものではないという、覚書きだった。

「具体的なことは何一つ書かれていない。だが逆にそれによって、一切の制約がないということになる。この書類と二つの名前は、お前たちの会社がこの先香港で営業を営む上で、強い力になるだろう」

マフィアがバックについたことを意味するのではなく、逆に敵にもならないという、証明になるのだろう。

「……ティエン様。私はゲイリー様のところへ、顔を出して参ります」

「ああ」

そう言って部屋を出ていく先生に、高柳は治療の礼を言うことができなかった。書類を手にしたまま、込み上げてくる感情を堪えるのに必死だったのだ。

「——傷は平気か?」

「うん……大した傷じゃないから」

目の前にティエンの気配を感じたが、顔を上げられない。すると顎に手が伸びてきて、上向きにされる。

「ティエン……」

「唇は大したことない、な……胸の方は?」

と、シャツに伸ばそうとした手が肌に触れた瞬間、震え上がるほどの感覚が生まれる。それに驚いて、思い切りティエンの手を振り払ってしまう。

「——俺に触られるのが嫌なのか」

「ち、がう。そうじゃない。ただ、ちょっと驚いて……」

胸元を手で摑んだ状態で言い訳しても、まるで意味がない。ティエンは眉間に深い皺を刻んだまま、高柳の前のソファに腰を下ろし、煙草を取り出した。

そしてテーブルの上にあるライターで火を点ける。慣れた煙草の匂いが、ゆっくりと部屋の中を満たしていく。それにより、この部屋が知らない部屋ではなくなっていくような気がした。

「俺がお前を利用したことを、怒っているのか？」

眼鏡のブリッジを押し上げながら、ティエン自らに、それを口にされる。思いの外、ダメージを食らっている自分に、高柳は小さく笑う。

王氏への説明を聞きながら、そういうことだったのだろうと悟った。最初から、期待などしていないつもりだった。けれど、僅かながらも期待をそこに滲ませている自分がいることに、かえって驚いた。

「俺の方も、不在にしていたせいで、奴らが何を考え、どう動こうとしているのか摑めていなかった。ただ、幸運だったのは、まだすべてが動き始めたばかりだったということだ。誰も致命的なダメージを食らっていない。今のうちなら、奴らの急所を捕まえて、少々脅せば話は済むだろうと思った。だから、こちらからちょっと餌を撒《ま》いて、奴らが食らいついてくるのを待っていたというわけだ」

そしてひとまず、一件落着。致命的なダメージを食らったのは、高柳一人ということだ。

「さっきの書類を見ればわかるように、この先、奴らが仕事の上で変なことをすることはない。ただ、そこから事業が成功するか否かは、お前たちの手腕にかかっているというわけだ」

「――そう、だね」

背もたれにだらしなく背中を預け、前に投げ出した長い足を組んでいる。そして銜え煙草のまま、上向き加減でティエンは状況を説明していた。

そんなティエンに対し、どういう表情をすればいいのかわからず、高柳は視線を絨毯に向けたままでいた。

しばらく黙っていたが、ティエンが大きくため息をつくのを聞いて、はっと顔を上げる。

「え……と、ごめん。助けてもらったのに、何も言っていなかった。ありがとう。会社のことも、僕のむちゃくちゃな取引を聞いてくれて、ありがとう。本当に助かりました」

思いつくままの言葉を、口にする。

「きっと上司も、この書類を見せれば安心して、また仕事をする気になってくれると思う。僕もやる気が出てきた……けど……」

そこまで言いかけて、一瞬、口籠《くちごも》る。

ティエンとの間で取り交わされた取引の内容は、ここで終わっているわけではない。

ティエンを雇うのに、一千万香港ドルでは足りないと言われた。この金を手つけ金にして依頼を引き受け、無事に成功した暁に、不足分は高柳自身を「飼う」ことで、充当する――ティエンはそう言った。

「無事に成功したわけだから、約束どおり、僕は君に飼われることになる――、の、かな」

声を震わせながら、高柳はそれを口にするが、ティエンは煙草を銜えたまま、何も言おうとしない。

「そうなった場合、僕は会社に在籍していていいんだろうか。でも、君が今回香港に戻ってきたのは先生に呼ばれたからであって、元々はアメリカで生活していたんだよね？　となると、僕はどうしたら……」

「――いらない」

何をどうしたらいいのかわからず、早口に捲《まく》し立てていた高柳の言葉を、ティエンは低い声で遮った。

「いらないって……？」

高柳は首を傾げる。

「金はいらない。そう言った」

吐き捨てるように言うティエンの様子に、高柳は全身を震わせる。

ティエンは――怒っている。

「……どうして？」

理由がわからない。

「だって……最初に一千万じゃ足りないと言ったのは君で、それで、僕は……」

「だから、全部いらないって言ってるんだ！」

ティエンは怒鳴り、煙草を持ったままの手でバンとテーブルを叩いた。

怒声と、その音に、高柳は思わず体を引く。

「ああ、くそ。なんでこんなことになるんだ」

ティエンは煙草の火を灰皿でもみ消し、もう一方の手を強く握り締めた。

その仕種は、怒っているというよりも、困惑の色が濃い。

「ティエン……？」

何を言おうとしているのかがわからない。だから高柳は、そっと男の名前を呼んだ。

するとティエンはもう一度ソファに倒れ込んで天井を見上げ、両手を顔にやった。しばしそのまま動きを止め、やがてはっきりとした声で言った。

「今回のことは全部俺が勝手にやったことだ。だから、取引は成立しない」

「意味がわからない」

高柳は逆に身を乗り出した。

「君は僕の頼みを聞いてくれた。こんな書類をもらってきてくれた。君がいなかったら、絶対に僕には解決できなかった」

「別にお前のためにやったわけじゃない」

「それはわかってる。君が僕のために動いたわけじゃないことなんて、最初からわかっていたことだ。僕のことを利用したのも、わかってる。それでも——僕は……」

喉まで出かかった言葉を、ぎりぎりで堪える。

ティエンのことが好きだったから——好きなことが、わかったから。

膝頭を摑み、体を小刻みに震わせながら、高柳はゆっくりと視線を落としていく。これ以上顔を見ていたら、泣いてしまいそうだったのだ。

だが、何があろうとも、泣き顔は絶対に見せたくなかった。

「君のためになったのなら、それで……」

「本当に、そう思っているのか？」

「当然だよ。だって……」

自分の気持ちを訴えようとした高柳の顎に、ティエンの手が伸びてくる。腰を浮かせ体を前に乗り出したティエンは、高柳の顔を食い入るように見つめている。

そして、その手が唇にある傷に触れる。それから喉を伝った指が、シャツのボタンを二つ外し、胸元の傷に触れる。

薬を塗ったその傷を目にして、思い切り眉を顰める。

「痛むか——」

「もう、平気」

セックスのとき、あれほど縦横無尽に人の肌をまさぐる男の手が、そして眉ひとつ動かさず、他人の喉元にナイフを突きつけることのできる男の手が、高柳の胸にある浅い傷に触れるだけで、目に見えるほど震えている。

高柳は出来る限りそっと、ティエンの手に自分の手を添える。

「僕よりも、よっぽど君の方が、痛そうな顔をしている」

その手にそっと口づけようとすると、その手を逆にティエンに掴まれる。痛いほどに握られ、熱い唇を押しつけられる。

一度だけではなく、繰り返し何度も何度も。

これまでのキスとはまるで意味合いが異なっていた。欲望を煽るのではなく、懺悔《ざんげ》するかのように、慈しみが伝わってくる。

「ティエン……」

「怪我をさせるつもりはなかった」

高柳の手に額を預けた状態で、低く囁く。これまで聞いたことのないほど、弱々しい声だ。

「お前を囮《おとり》にしたのは事実だ。前日に香港を連れ回し、奴らの目に留まるようにと派手な行動をしたのも事実だ」

「それはさっき聞いた。でも、王氏の件は僕が依頼したことだ。だから、囮にされていても、文句の言える立場じゃない。それに、頼んだ以上、ティエンに任せっきりじゃなくて、自分のできることはしたいと思っていた。だから、多少なりとも役に立ったのなら、このぐらいのこと、なんでもない」

半分は本当。でも半分は、嘘だ。

昨日、ティエンと観光できたことを単純に喜んだ。だから、すべては今日のためだったと知ったとき、ショックを受けなかったわけではない。

王氏らの目に留まるためのデモンストレーションだったとしても、一緒にスターフェリーに乗ったのは事実だし、ティエンが返還の年に香港を出たことを聞いたのもあのときだ。百の内の九十九が嘘だったとしても、その中に一つでも真実が紛れている以上、高柳はティエンを恨んだりしない。

「違う。怪我をさせるつもりなどなかった」

ティエンの手に、痛いほど力が込められる。

「だからそれは……」

「王氏がお前を拉致するため動くのは確実だと、先生の連絡からわかっていた。だから、他の奴らと一緒にお前の後をつけた。何かのときのために、お前の勤める事務所近辺にも、人員を配置していた。途中撒かれても対処できるように、万全の態勢を整えていた。いざという場面で事前に現場を押さえられるはずだった——目の前で、自動車が爆発さえしなければ……」

ぐっと息を呑むのがわかる。

「奴らも俺たちが追うだろうことは、予想していたんだろう。だが、まさかあそこまでのことをするとは思っていなかった……俺の読みの甘さで、結局お前を危ない目に遭わせることになった」

ティエンはゆっくりと顔を上げる。らしくない表情で高柳を見つめ、そっと頬に触れ、そこに落ちる髪の毛を指の先で弄る。

「お前が再会した日に言ったことは、本当だ」

「再会した日に言ったこと？」

「俺はお前のことが好きだった。学生のときからずっと」

眼鏡の奥の瞳が、慈しみに満ちていく。

思いがけない言葉に、高柳は目を見開き、呆然と目の前の男を見つめる。

「俺は、ヨシュアから紹介される前から、お前を知っていた」

「嘘……」

「お前は覚えていないだろう。まだ一年のときのことだ。キャンパス内に、桜の木が一本だけあったのを覚えているか？」

「覚えている、けど」

「その桜の木の前で、俺はお前と会っている」

「桜――」

高柳の言葉に頷いてから、ティエンは遠い目をした。

淡いピンク色の花をつけたその桜の木の前に立っている男がいた。

すでに満開を過ぎた桜は、僅かな風でその花びらを散らす。さわさわと揺れる風の中、男の柔らかそうな髪が揺れる。その髪に、まるで飾りのようにハートの形をした花びらがついていた。ティエンの手が、気づいたときにはそれに伸びていた。

指が髪に触れた瞬間に、高柳は振り返った。大きな瞳と、唇の上にあるホクロが印象的な、日本人だった。

『何?』

小首を傾げて尋ねてくる男は、人の瞳を真っ直ぐに見つめてくる。

香港ではずっと、人の裏側ばかりを見続けてきた。黎の龍だと言えば、誰もが畏怖し、憧憬の念を示した。

アメリカに来ても、他人が自分を見る目に、ずっと違和感を覚えていた。

おそらく当人の意識しないところで、自分が血塗られた存在だと、わかってしまうのだろう。

ずっとそう思っていたティエンにとって、そんな風に澄んだ瞳で自分を見る相手に出会ったのは、生まれて初めてのことだったのだ。

だから、何をどう言えばいいのかわからず、柄にもなく言葉に詰まってしまった。

『——ついていた』

そして、自分のその想いに戸惑うばかりで、指に摘んだ花びらを相手に見せ、ぶっきらぼうに告げることしかできなかった。

それに対し高柳は満面の笑みを浮かべ、言ったのだ。

『ありがとう』——と。

さらに言葉を続けた。

『綺麗だと思わない、この桜』

そう言って、視線を桜の木に戻す。つられるようにして、ティエンも桜の木を見つめる。

『八分咲——満開じゃなくて、八割ぐらいの花が咲くことを、八分咲と言うんだけど——、日本ではその八分ぐらいのときが、一番いいって言う人が多いんだよね。満開になると、こうして花びらも散るから、儚《はかな》い感じがして、嫌な人が多いらしいんだけど……僕は、このぐらいのときが一番好き』

そして、ゆっくりティエンに顔を向けてくる。

『こうして花びらが風に乗って散る姿って、花びらが踊っているみたいに見えると思わない？』

『ああ……』

相槌《あいづち》を求められ、ティエンは曖昧《あいまい》に応じた。

『そうだよね。わかってもらえてよかった』

「交わした言葉はそれだけだ。だが、そのときのことを、俺は永遠に忘れない」

高柳はまるで、その光景を覚えていなかった。

「それから、気づけばお前のことを瞳で追うようになった。そのたび、お前は笑っていた。家族に愛され、友達に愛されて育ったのだろう。それがわかるような笑顔だった。俺には絶対にできないそんな笑顔を見るのが、いつの間にか習慣になっていた。それだけのことだ」

そんなにも自分は笑っていただろうか。高柳は思い出そうとするが、わからなかった。

「だが、ヨシュアに紹介されて、名前を知った。言葉を交わすようになって、お前が俺のことを覚えていないのもわかったが、俺はお前を見ることをやめられなかった。そのうちに、お前が俺の視線に気づいたのもわかった。それでも……見るのをやめられなかった」

ティエンの告白に、体中が震え上がるような感覚を覚えた。

握られた手から伝わるティエンの温もりが、これまでと違う温もりに思えてくる。

「お前は俺と生きる世界が違うとわかっていた。それなのに、好きになる気持ちを止めることができなかった――」

その温もりが、ゆっくり離れていく。

「大学を卒業するときに、二度と会えないだろうと思っていた。それでいいと思った。お前と俺の人生が重なり合うのは、四年間だけだった。だが、卒業して四年して、また重なり合うことになるとは思ってもいなかった」

ティエンは冷ややかに笑いながら、力無くソファに座る。苛々した気持ちを落ち着かせるためか、煙草に火を点けてゆっくり吸った。

高柳はじっと、ティエンの話を聞いていた。

「先生からの電話で、王氏の動きが変だと連絡が入った。俺が香港を出てから、何度も小競り合いはあったが、常に香港内で対処してきたらしい。だが今回に限って俺に連絡があった――ということはつまり、少々厄介な事態になりかねないと先生が判断したからだ。だから俺は、香港に戻ってきた」

そして戻ってきたその日に、高柳がマンションへ訪れたのだ。

「扉を開けてお前の姿を目にしたとき、柄にもなく、夢を見ているのかと思った」

一瞬、ティエンの顔に笑みが浮かぶ。

「卒業して四年、極力考えないようにしてきた。実際、あそこで再会するまで、俺はお前を好きだった気持ちを、完全に封印できたつもりでいた――だが、その扉を、お前はあっさり開けた。おまけに、俺がお前を好きだったという記憶を、悪魔の微笑みでほじくり返してくれた」

煙草を持った手で、ティエンは顔の半分を覆い隠す。眉を下げたその表情に、高柳の胸の奥が痛む。

あのときそれを指摘したのは、ティエンの助力を得るため、半ばかまをかけたに等しかった。そのことにより、己自身後悔する羽目に陥ったが、ティエン自身を追いつめていたことには、気づいていなかった。

何しろティエンの本当の気持ちも、たった今知ったばかりなのだ。

動悸が高鳴る。

このままティエンの告白を聞いていてもいいのか。信じていいのか――困惑しながらも、止めることはできない。

「さらにお前は、無邪気な顔で、自分を買えと言う。本当に悪魔だと思った。俺のこれまでの罪を贖《あがな》わせるため、天使の顔をした悪魔を寄越したのかと、そんな愚かなことを考えたほどだ」

喉の奥で笑っていても、楽しそうではない。自虐的に微笑む姿に、また胸が苦しくなる。

「――これでも悩んだんだ。俺に身を売ると言っても、実際そんな気など、あるわけないことは、表情や態度を見れば明らかだった。ただ金が欲しくて、なんらかの俺の助けが欲しくて、そんな真似をしているのもわかった。そうでなければ、四年も連絡のなかった俺に、お前が助けを求めにくるとは思えなかったからな」

当然のことながら、ティエンにはすべてお見通しだった。わかっていて、高柳の様子を窺っていたのだ。

「普通の人間なら、そこで事情を聞いて、親身になってやるところだ――が、俺は違う。大学時代こそ、平々凡々とした生活を送っているフリをしても、根の部分には、何百年、何千年と続く、黎一族の血が流れている。お前の目には見えないかもしれないが、俺の両手は血で汚れている。そんな俺は、据《す》え膳《ぜん》を出されて、食わないでいられるような紳士じゃない。料理だけじゃない。皿まで食わなければ我慢できない、最低の人間だ」

ティエンが自虐的な言葉を口にするたび、彼の心が傷つく様が見えるようだった。

「――それでも、一度で終わらせるつもりだった。だが――獣の本性が、一度知った獲物の味を忘れることはできなかった。お前が本意で俺に抱かれているわけじゃないとわかっていても、我慢できなかった。一生恨まれてもいい。昨日、酔ったお前が俺を誘ったとき、最後のその一瞬まで、お前を抱こうと決めた。その代わり、お前の望みは絶対に叶えてやると決めた」

気づいたら、煙草の灰が長くなり、指のところにまで達していた。

「ティエン、指が……」

高柳はそれに気づいて手を伸ばそうとするが、ティエンは逃れていく。

「俺に触るな」

ティエンはゆっくり灰皿に、煙草の先端を押しつける。そして灰の触れていた場所は、赤くなっていた。

「でも、指が……」

「指なんてどうでもいい！」

再び、ティエンは怒鳴り、頭を抱える。

「俺という人間から、お前を解放してやると言っているんだ」

「僕のことを、一生飼うんじゃなかったの？」

「――今言ったとおり、お前は自由だ。だから、お前の好きなようにしろ」

「好きなように――していいんだ」

「何度も繰り返させるな。二度は言わない」

「だったら、好きなようにする」

高柳はゆっくり足を前に進め、そっとティエンの頭を両腕の中に包み込む。

「……お前、何を……」

「君が言ったように、好きなようにしている」

「ばか、なことを言うな」

「ばかなことじゃないよ」

高柳を振り払おうとする腕を、しっかりと掴み、その場に跪いて、俯くティエンの顔を下から覗き込んだ。

「だって、僕も君のことをずっと好きだったんだから」

そして初めて、ティエンに自分の想いを伝える。

ティエンは眼鏡の下で、切れ長の瞳を瞬かせる。目の前にいる高柳の存在が信じられないように、何度も。

「俺のことを、好きだと、言ったのか？」

「そう」

強く頷く。

「――ずっと……？」

その問いには少しだけ躊躇った。

「ずっと、というのは少し嘘かもしれない。何しろ君に会いに来たときには、自分の気持ちに気づいていなかったから」

「どういうことだ」

「君の言うとおり、僕はお金が欲しかった。そのために、どうすれば君の同情を引けるか色々と画策をした。僕を買ってくれというのは、そんな計画の内だった。当然、僕を抱くと思っていたわけでもない。学生時代に視線を感じたのは事実だったにしても、大学を卒業して四年も経っている。今も変わらず、君が僕を好きだなんてことは考えてもいなかった。ただ、最終的に抱かれる可能性がゼロではないことも、覚悟していた。それからその計画を立てたときに、僕自身、君のことを自分が好きだという自覚はなかった」

「いつ、自分の気持ちに気づいた？」

静かな声でティエンは尋ねてくる。

「——君に抱かれたあと」

視線を逸らすことなく、答える。

「でも、好きだったという事実に気づいただけで、もっと前から、そう、大学の頃からずっと、君のことを好きだったんだ」

「嘘だ」

「嘘じゃないよ」

高柳の告白に、今度はティエンが驚く番だった。

「よく考えてみれば、好きでもない相手に抱かれてもいいなんて、誰もがみな思うことじゃない。少なくとも僕は、好きでもない相手を抱くことはできない。つまり、逆も同じだったんだ」

好きでもない相手に、抱かれることなどできない。

そんなことを計画したのは、まだ、ほんの数日前のことだ。

もっと長い時間を経ているような気がするが、再会してから、一週間すら経っていない。

でもこの短い時間の間に、一生分ぐらいのセックスをした気がする。

「だから――君が僕を好きじゃないのに、揶揄するように、お金のためだけに抱いてくれることが、嬉しい反面、情けなかった。どうしてこんなことを言ってしまったんだろうって。昨日の夜は特に――君が優しいのが、辛かった」

ティエンは、好きでもない相手でも、こんな風に優しく抱けるのだと思ったら、激しい後悔の念に駆られた。

「でも、今の君の話を聞いて、ほっとした。それから、嬉しくなった。優しく抱いてくれたのは、僕のことを好きだったからだとわかって……」

ティエンの手が、高柳の頬に伸びてくる。

「俺が怖くないのか」

「……どうして？」

綺麗な指が、高柳の顔の造作を確かめるように、辿っていく。

「さっき、見ていただろう？　お前は知らないだろうが、俺にとって拳銃もナイフも人殺しも、遠い世界の話じゃない」

「知ってるよ」

その指を捕まえ、そっと口づける。

「何を」

「大学時代に、君が銃を放った姿を、僕は見ている」

ピクリとティエンの体が震え、驚きに目が見開かれる。

「いつの話だ」

「二年の夏」

それで、なんのことかわかったらしい。ティエンの表情が明らかに曇る。

「誰かにその話をしたか？」

「してない」

「なぜ？」

「──君のその姿に欲情したから」

ふっと笑いながら告げると、ティエンはさらに不快そうな目を見せる。

「人を揶揄《からか》っているのか」

「本当。僕は君の知らない一面を見て、その夜、自慰をした」

さらに、指を嘗める。

「……高柳」

「智明《ともあき》だよ、ティエン」

上を向くように促され、高柳はそっと囁いた。名前を紡いだその唇に、煙草の匂いのする唇が、そっと重なってくる。

たとえようのないほどに甘く、蕩けそうに熱いキスは、たっぷりの余韻を残して離れていく。

「いいのか。俺がお前と一緒にいられなくても」

ティエンは静かな声で尋ねてくる。

「さっきも言ったように、俺は香港にはいられない。でもお前は、香港で仕事がある。そんな状況でもいいのか」

「いいよ」

なぜなのかをここで聞くのは野暮だ。

ろくに事情も知らないで、それでも一緒にいられると言えるほど、高柳は世間知らずなわけではない。

「香港での仕事が終わったあと、いつかはきっと会えると思えるから」

それに、この一瞬だけは、一緒にいられるし、一緒にいたいと思う。

だから、いいよ、と答えた。

それでもいいと思った。

会えない間、お互いの熱を忘れないように、お互いの想いを忘れないように、再び唇を重ね合う。

今度は優しいキスではない。上唇と下唇を交互に噛み合いながら、次第に舌を絡めていく。息が苦しくなるほど、溢れる唾液を気にすることなく、激しく唇を貪る。

再会してから何度も繰り返しキスしていても、慣れることはない。もっと欲しいと思い、もっと舌を絡めたいと思う。

「ふ、ん……っ」

苦しいほどに体を抱き締め合う。背中と腰にしっかりと回した腕に、必死に力を込める。布が擦れる感触がもどかしい。ティエンの肌に触れたいのに、触れられない。

「……ティ、エ……ン」

キスから逃れ、高柳は名前を呼ぶ。

「なんだ……」

しかしティエンにも余裕はないらしい。絶え絶えの息の中で、懸命に言葉を紡ぐ。

髪をまさぐっていた手が頬に移動し、キスを欲する高柳の唇を引きはがす。

「ベッドに……」

伝えたい言葉がある。でも、キスをやめたくない。唇に届かない代わりに首筋に吸いつき、そこに赤い痕を残しながら言葉を紡ぐ。くすぐったいのか、ティエンの肩を竦める姿が愛しい。

額と鼻がぶつかって、眼鏡の位置が僅かにずれていた。それを直そうともせず、高柳の鼻筋にキスをする。

「ベッドが、何？」

「ここじゃなくて、続きはベッドで……」

シャツの裾を引っ張りだし、そこからティエンの背中を撫でる。掌に広がっていく温もりに、高柳の体温も上昇する。

鼻先をシャツに押し当てると、それだけでティエンの匂いがする。煙草だけでも、コロンだけでも、アルコールだけでもない。ティエン自身の持つ匂いと混ざり合って、高柳の嗅覚を刺激する。

ティエンの大きな手が、ゆっくりと高柳の頬を撫でていく。そこからさらに体の線に沿って、膝まで移動したところで、横抱きにされる。

奥の扉から通じる場所に、寝室があった。そしてその中央には、豪華な彫刻の施された天蓋《てんがい》つきの大きなベッドが鎮座していた。

シルクの布を潜《くぐ》った中に、ゆっくり体を下ろされる。ティエンは上着を脱ぎ捨てると、両手を伸ばす高柳の上に重なってくる。

「ティエン……」

やっと、素肌に触れることができた瞬間、震え上がるほどの悦びを覚えた。これまでに繰り返してきたセックスのときとはまるで違う。互いに相手を想い合っているという事実が、どれだけ心を満たしてくれるのか。抱き合っているだけで全身に満ちていく感覚に、泣き出したい衝動に駆られる。

「……なぜ、泣いている？」

ティエンは、高柳の頬を伝う涙を唇で拭いながら、そっと尋ねてくる。でも高柳は小さく首を左右に振る。

自分でも、はっきりと理由がわかっていなかった。

幸せだから。嬉しいから。それから、悲しいから。ありとあらゆる感情が混ざり合って、この涙を流させている。

これ以上のことは、今はわからなくていい。だから答える代わりに、キスを求める。

もう一度、始まりのキス。すぐに濃厚に絡め合い、ティエンの手が高柳の胸に触れてくる。

「あ……っ」

一瞬だけ生まれたピリッとした痛みに、小さく呻く。心配そうな瞳を向けてくる相手に高柳は大丈夫と目で答えると、ティエンの頭はその胸に移動した。

再び、同じ場所に、先ほどとは違う感覚が生まれる。獣が傷を嘗めるように、その傷痕を嘗めている。

「そこ、薬を……塗ってるから……」

「構わない」

高柳が逃れようとしても、ティエンは執拗に舌を押しつけてくる。

「んん……っ」

痛みはある。だがそれ以上に、その傷に触れることで生まれる感覚に、支配されていく。

「もう二度と……お前にこんな傷は負わせたりしない」

ティエンは低く呟く。

「お前の体は、すべて俺のものだ。俺のものに俺以外の人間が傷を付けるのは許さない」

「痛っ」

言いながら、薄い皮膚に歯を立てられる。尖った先が食い込んで、微かに赤く滲む。

「お前を傷つけていいのも、泣かしてもいいのも、俺だけだ――」

その血を啜りながらの言葉に、高柳は頷く。

「ティエンになら、僕の全部をあげる」

自分がティエンにできることなど、ほとんどない。けれど、自分というちっぽけな存在でも欲してくれるのなら、喜んで捧げよう。

「——だから、君のものにして……永遠に、君のことを忘れないように」

もし次にこうして抱き合えることがなくても、一緒にいられなくなっても、忘れることのないように、ティエンを刻みつけてほしい。

「智明……」

高柳の名前を繰り返しながら、ティエンの手が下肢に伸びてくる。忙《せわ》しなく服を剝がし、高柳に触れた。すっかり濡らしていたそこを、掌全体で揉み込まれる。

「ん……っ」

「この体を俺以外の誰かに触らせたりしたら——お前を殺す」

「ぁ……あああ……っ」

先端を痛いほどに握られ、高柳は腰を揺らした。むくりと起き上がったものに、ティエンは体を移動させ、舌を絡ませてくる。微かにそこを撫でる吐息と、湿った感触で、一気にそそり立っていく。

「ティエン……ティエン……」

せり上がる快感を堪えるため、ティエンの頭に指を進ませる。だがかえってそうすることで、ティエンの口に深く包まれていく。

がくがく震える膝を左右に大きく開き、柔らかい内腿を丹念に掌でなで上げてくる。

「ここに……俺のものだという印をつけてやりたい」

高柳のものを半端な状態で解放し、白い肌に赤い痕をつけていく。

「印……？」

朦朧とする意識の中で、高柳はうっすらと目を開ける。

「体が上気するときだけ浮き上がる入れ墨がある。ここにそれを彫っておけば、俺以外の人間の前で不埒《ふらち》なことをしたりしないだろう？」

「……信用ないのかな、僕は」

「俺を安心させてほしいだけだ」

拗ねたような言葉に高柳は笑う。

「だったらティエンが彫ってくれればいい。僕がずっと、君だけのものであるとわかるように」

「いつか、ここに俺の印をいれてやる。だからそれまでは、これで我慢しろ」

ティエンはしっとりと濡れた高柳の先端の蜜を指で取り、その腿を滑らせ、腰の奥まで移動させる。

「や……っ」

ずっと突き入れられる指の刺激に、腰に力を入れる。

「俺が、欲しいか――」

「そ、こ……っ」

ぐるりと回しながら、前側の内壁を撫でられ、腰を弾ませる。一番弱い場所をゆったりと刺激しながら、ティエンはもう一度、高柳に聞いてくる。

「俺が欲しいだろう?」

心に満ちるのは、ティエンを愛しているという気持ちだった。

快感の波に呑み込まれそうになりながら、ゆっくり体を起き上がらせると、ティエンの肩に両手を伸ばし、自分からキスをする。

「欲しい……」

そしてキスの合間に囁く。

「ティエンのすべてが、欲しい」

自分はすでにティエンのものだから。

ティエンのすべてが欲しい。

一緒にいられなくても、心だけは常に自分のそばにいて欲しい。

「――やるよ。お前の欲しいもの、全部」

キスの合間の囁きのあと、指が引き抜かれ、体を反転させられる。ティエンは柔らかい双丘に軽くキスをしたあと、己を突き立ててくる。

「う……ん……」

両手でシーツを掴み、繋がりが深くなるように無意識に腰を高く掲げると、背中でティエンが苦笑を漏らす。

「再会した日にはヴァージンだったのに、すっかりいやらしい体になったな」

言いながら、項に息を吹きかけられ、腰をきつく締める。

「――誰のせい、だ、よ……っ」

「もちろん、俺のせいだ」

前にするりと伸びてきた手が、シーツの上で擦れる高柳の先端を封じる。

「や、だ……」

すでに濡らしていたのに、迸らせる場所を失い、高柳は恨みがましい声を上げる。その口を覆うように、伸びてきた手が、高柳の舌をいたぶり、耳朶を甘く噛む。

「お前を抱いているのが誰か、言ってみろ」

「あ、ん……っ」

ぐりっとそこを抉られ、背中を反らす。

「言わないと、ずっとこのままになる。それでもいいのか?」

意地悪な言葉に、高柳は顔を後ろに向かせ、視線の先にいる男の顔を見つめる。

「ティエン……ティエン・ライ……」

黎天龍――高柳の、たった一人の、龍。

「そうだ……お前を抱いているのは俺だ。それを絶対、忘れるな」

「ティエン――っ」

一際大きく腰を突き入れられると同時に、前を解放される。同時に、体内でティエンのものが破裂するのがわかる。

背中に折り重なる体の温もりと、そこで混ざり合う汗の感触に、高柳はそっと目を閉じる。シーツを握り締める手に重なってきたティエンの温もりが――優しい気持ちにさせてくれた。

エピローグ

上司の回復を待って、ティエンにより失脚した王氏の息の掛かっていた企業ではなく、新規に募集した企業や土地所有者などを対象に新たな買収契約交渉を行った。

これまでのことが嘘のように、何もかもがスムーズに進んだ。結果、当初の試算以上の好成績に、ウェルネス本社も、いけると算段したらしい。

本格的な出店に備え、具体的な準備にかかる。手始めにウェルネスの香港事務所を閉鎖し、新たにウェルネスの子会社を設立し、雇用する人員も規模も大幅に拡大した。上司が社長となり、高柳は現地スタッフのまとめ役として、日々忙しく走り回っている。

さらに工事の開始時期の相談や、買収企業の改装、さらにスタッフへの再教育計画など、やることは山積みだ。

ティエンと黎の本拠で会ってから、すでに三か月が過ぎている。

あのとき以来、ティエンとは一度も連絡を取っていなかった。

お互いの気持ちを知り、濃厚に愛し合った翌朝、すでにティエンの姿はなく、先生も所在を教えてくれなかった。それでも風の噂で、その日のうちに、ティエンがアメリカに戻ったらしい話を聞いた。

大学を卒業したとき、二度と会えないかもしれないと思った。だが、四年の月日を経て再会することができた。今回の別れはあのときのように、言葉を交わしただけの関係ではない。だからあえて約束をしなくても、また会える。

そんな矢先に、本国のヨシュアから突然、高柳宛に電話があった。

『今日、そちらに荷物を送った』

何も送ってくれるように頼んだ覚えはなかったのに、一方的にヨシュアは話を進める。おまけに到着するのは、今日の午後二時だという。

『生物だから、悪くならないうちに引き取りに行くように。ちなみに返品は一切不可だ。もちろん、君が一緒に、こちらにその生物を連れてきてくれる分には、歓迎するけどね』

生物が何を意味するのか、しばし悩み、すぐにもしかしたらと思った。

確認しようにも、ヨシュアにはその後、電話が繋がらなかった。とにかくその予想が正しいか否か、空港に行って確かめる以外に方法はないらしい。

中環から空港までは、エアポートエクスプレスを利用すれば、二十三分で行く。本数も多く、一本乗り過ごしても、十五分足らずで次がくる。

今は一時半だから、まさにジャストタイミングだ。

『高柳さん、どこへ？』

『空港まで』

スタッフの質問にそれ以上の説明はせず、高柳は上着を持って会社を飛び出る。

走って駅まで向かい、エアポートエクスプレスの切符を購入する。電車がホームに入ってくるまでの僅かな時間が、ひどくもどかしかった。自分が走って間に合うなら、いくらでも走るのだが、待つしかできないのが辛い。

電車に乗ってからも同じで、空港に着くまでの二十三分間、ずっと膝を握り締めていた。

空港駅に辿り着くと、今度は走って五階の到着フロアへ向かう。

そこは、たった今到着しただろう飛行機の乗客と送迎客で、ごった返していた。

「いったいどこに……」

エアラインすら確かめていなかったことを思い出す。呆然とその場に立ち尽くしかけたとき、背後から肩を叩かれた。

「Excuse me」

「なんだよ……っ」

焦っているときに邪魔をされて、怒りかけた瞬間——高柳の視界の中に、両手をあげて降参のポーズを作る男が飛び込んでくる。

アジア人特有の切れ長の瞳を、銀縁眼鏡の下で鈍く光らせる、細面《ほそおもて》で端整な顔立ち。名前はティエン・ライ。高柳の愛する男だ。

「どうして……香港に」

会えて嬉しいけれど、それよりも疑問が先に立つ。

「あのとき、言っていたことは嘘だったのか？」

「嘘じゃない」

「だったら……」

「お前の顔を、これ以上見ないで過ごすなんてことが、できそうになかった」

ティエンはそう言ってのける。

「でも……家の問題は……」

「とにかく、龍である俺が香港にいてもいい口実をでっち上げた。先生や一族を巻き込んだ上での大がかりな仕掛けだ。が、とりあえずここ二年ぐらいは、なんとか凌《しの》げるだろう」

「二年……」

「そこから先のことはそのとき考える。とにかくお前と一緒にいるために、俺は先生やヨシュアに余計な借りを作る羽目になった。その分、お前に存分に相手してもらわないと、割が合わなすぎる」

「先生には風水関係のことで、借りを作ったんだろう？　でも、ヨシュアは……」

「ヨシュアに聞いて、迎えに来てくれたんだろう？　その辺りの事情も聞いているんじゃないのか？」

「いや……生物を送ったから引き取りに行けと……多分ティエンが来るんだろうと予測はした

んだけど、それ以上のことは何も……」

聞いていたら、こんな風に困惑していたりしないし、心の準備もできていたはずだ。でもあまりに突然の展開に、嬉しいはずなのにそれが実感として伴ってこない。

「ヨシュアの奴……」

高柳の言葉に、ティエンは僅かに眉間に皺を寄せる。

「ウェルネスの社員になった」

「――え？」

思いも寄らぬ返答に、高柳は驚きの声を上げる。

「大学でＭＢＡの資格を取得していたせいもあってか、前々からヨシュアを通じて、ウェルネスに誘われていた。これまではずっと断り続けていたんだ――が、今回俺からウェルネスに入ると言い出したら、あの男、勝ち誇った笑みを浮かべやがった」

ティエンは苦虫を潰したような表情になる。

「当初の予定では、この間の件が片づいたら今度こそ本当に、二度と香港には戻るつもりはなかった。湿気は多いし、暑い。当然、しがらみも多い。だが、あいにくとそんな悠長なことを言っていられるほど、余裕がなくなった。それこそ脇目もふらず、一日も早く、香港に戻れる方法を模索したら、ヨシュアに頭を下げるしかなかった」

「どうして……香港に戻ってくることにしたんだ？」

「それを俺に言わせるのか?」

高柳の問いに、眼鏡の下の瞳が鈍く光る。

「当然、お前の内腿に、龍の模様を彫ってやりたかったからだ」

背筋がぞくりとするほどセクシーな声で、ティエンは二人の約束を口にする。

「そんなわけで、とりあえずの配属先が、香港子会社だ。新入社員に、色々教えてくれ」

偉そうな口調でティエンに言われるものの、何をどう反応すればいいのかわからなかった。

「なんだ。嬉しくないのか?」

ティエンの拗ねたような口調での問いに、高柳ははっとする。

「そんなことない。嬉しいよ。すごく嬉しい……でも」

「でも?」

「嬉しすぎて、なんか信じられない。ティエン……僕は都合のいい夢を見ているんだろうか」

「夢かどうか、自分の体で確かめてみればいい」

目の前にすっとティエンの手が伸ばされる。高柳は言われるままに、夢か現実かを確かめるべく、その手に向かって自分の手を伸ばすのだった。

あとがき

なぜ、舞台が香港なのか。なぜティエンがマフィアなのか——という裏話は、今しばらく保留にさせて頂きまして、『龍を飼う男』をお送りいたします。

タイトルで『〜な男』というものが増えてしまっていますが、こちらはまったく別モノの話になります。『龍』という単語を使ったタイトルを考えたものの、しっくりくるものが思いつかず、仮のまま、本タイトルとなりました。

前作『駆け引きはベッドの上で』で、ティエンはほんのちょい役で登場しておりました。きっとあちらをお読み下さってる方は、今回とのギャップを色々感じられているのではないかと思います。ちなみに時間軸としては、今回のお話は、『駆け引き〜』よりも二年前に遡ります。

その二年の間に、あそこまでちゃんと成長してくれるのか私も不安はありますが……そんな話をまた書くことができれば……と思っています。

挿絵の奈良千春《ならちはる》様には、早々に素晴らしい表紙のラフを拝見させて頂きました。今回の龍の細かさには本当に感嘆いたしました。素晴らしいです！

ティエン、高柳《たかやなぎ》ともに、麗しくいやらしく、とても素敵でした。

大変ご迷惑をおかけいたしましたが、これからもよろしくお願いいたします。


そして担当の玉井様。

前回以上にご迷惑、ご心配等々おかけして本当にすみませんでした。

次回こそは……と思っています。今後ともよろしくお願いいたします。


最後になりましたが、この本をお手に取ってくださいました皆様へ。

ティエンと高柳の話を、楽しんで頂けましたでしょうか。よろしければ感想などお聞かせ頂けるととても嬉しいです。

次回はおかげさまで、『駆け引きはベッドの上で』の続きを書かせて頂けることになりました。

ヨシュアと遊佐《ゆさ》のその後、ウェルネスのその後など、盛りだくさんで行くつもりですので、よろしくお願いします。来年の春頃になります。


それでは、またお会いできますように。

平成十七年　晩夏

ふゆの仁子《じんこ》　拝

Lovers Label

龍を飼う男

ラヴァーズ文庫をお買い上げいただき
ありがとうございます。
この作品を読んでのご意見・ご感想を
お聞かせください。
あて先は下記の通りです。

〒102−0072
東京都千代田区飯田橋2-7-3
(株)竹書房　第五編集部
ふゆの仁子先生係
奈良千春先生係

2005年10月1日
初版第1刷発行

●著　者
ふゆの仁子 ©JINKO FUYUNO
●イラスト
奈良千春 ©CHIHARU NARA

●発行者　牧村康正
●発行所　株式会社　竹書房
〒102−0072
東京都千代田区飯田橋2-7-3
電話　03(3264)1576(代表)
　　　03(3234)6245(編集部)
振替　00170-2-179210
●ホームページ
http://www.takeshobo.co.jp

●印刷所　図書印刷株式会社
●本文デザイン　Creative·Sano·Japan

落丁・乱丁の場合は当社にてお取りかえいたします。
定価はカバーに表示してあります。
Printed in Japan

ISBN 4-8124-2353-8 C0193

ラヴァーズ文庫
Lovers Label
駆《か》け引《ひ》きはベッドの上《うえ》で
この関係は、翻弄されたほうが負けだ。本気になったら、負けだ。
「この賭けに君が負ければ、君の人生は私がもらう」
「それでも逃げるのは性に合わない」
仕事、恋愛。遊佐《ゆさ》の人生はまさに順風満帆のはずだった。
社運をかけた大きな契約が破談になるまでは…。
理不尽なリストラをされ、その退職金で憂さ晴らしをする為に遊佐は
ラスベガスのカジノを訪れていた。
そこでヨシュアと名乗る美形の日系人と勝負することになる。
自棄《やけ》になっていた遊佐は勝負に負け、約束通りヨシュアに身体も、
これからの人生も握られることになるのだが、ヨシュアは遊佐をベッドに
押し倒しながら、更なる賭けを持ちかけてきた。今度こそ、勝負に負ければ
一生囚われの身…。遊佐はその勝負を受けて立った。
著 ふゆの仁子《じんこ》
画 奈良千春《ならちはる》
好評発売中!!

ラヴァーズ文庫
Lovers Label
英国《イギリス》紳《しん》士《し》のささやかな戯《たわむ》れ
「後任の会長に日本語とパソコン操作を教育する」
外資系企業に勤める翠《みどり》にイギリス出張の辞令がおりたのは、会社の会長が交代すると噂がたってすぐの事だった。
後任の会長は、世界的にも容姿端麗で有名なイギリス貴族のリチャード・トレンサム。リチャードは一族の中でも特に遊び人で、日本語どころかパソコンの操作さえもままならないらしい。そんな貴公子様の教育係に任命された翠は、完璧に教育が終了するまで、日本に帰してもらえない事になっていた。
しかし、出張初日からワガママで傲慢なリチャードに、アヤシイ〝いたずら〟をされ、事態は大ピンチに！
遠く海を越えた豪華な屋敷の中で、エリートサラリーマン翠の受難の日々が始まった！
著 森《もり》本《もと》あき
画 甲《こう》田《だ》イリヤ
好評発売中!!

ラヴァーズ文庫
Lovers Label
僕と彼らの恋物語
Boku to Karera no Koimonogatari
美形親子×高校教師
この最強親子からは、逃げられない!?
著 愁堂《しゅうどう》れな
画 高橋《たかはし》悠《ゆう》
高校教師、前沢《まえざわ》は、家庭訪問先で、憧れの
小説家、南条龍之《なんじょうりゅうの》介《すけ》に会い感動していた。
しかし、誰もいないリビングでいきなり龍
之介に押し倒されてしまう。
しかもその現場を帰宅した教え子の光太《こうた》に
見られ、大ピンチに!
誤解を解こうと必死な前沢に光太までもが、
「パパとばっかりズルイ、僕も先生の事狙っ
てたのに!」と言い出して…。
最強親子にふたりがかりで口説かれて、平
凡な前沢の生活に危機迫る!!
好評発売中!!

ラヴァーズ文庫
Lovers Label
そのわけを
「俺は誰も愛さない」そう言う倉方には、冷たい美貌と屈折した性格のどこかに、隠された秘密があるのかもしれない。
大手デパートに勤める志紀にとって倉方の第一印象は最悪だった。人を見下したような視線、そっけない口調、どれをとっても下請けのデザイナーとは思えない態度の男だった。
しかしある時、酔った勢いで、倉方に絡んでしまった志紀は、そのまま倉方に抱かれてしまう。
「お前がしつこいから抱いた」その後志紀に倉方はそっけなく言い捨てたが、志紀には倉方があからさまに他人を拒否する理由が気になり始めていた。
冷たくあしらわれても倉方への想いが止められないと自覚した頃、倉方に激しい憎悪を抱く青年が現われて……。
著 榊《さかき》花《か》月《づき》
画 金《かね》ひかる
好評発売中!!

イラストレーター募集

ラヴァーズ文庫では、**やる気溢れるイラストレーター**を募集しています。プロ・アマ問わず**我こそは**という方、**アナタの作品**をお待ちしております。

募集要項

●ラヴァーズ文庫の作品、またはオリジナルイラスト。

●２ショットのカラーイラスト・顔が良く見えるバストショットのモノクロイラスト・背景が描いてあるロングショットのモノクロイラスト・Hシーンのモノクロイラストの計４点。サイズ、画材は問いません（Ｂ５以上）。

●ＣＧ作成の場合は、プリントアウトをしたものをお送りください。

●住所・氏名を明記したものを添付してください。

●原稿返却を希望する方は、返信用の封筒・切手を同封してください。

イラスト／奈良千春

原稿宛先：〒102－0072 東京都千代田区飯田橋2－7－3
ラヴァーズ文庫編集部「イラストレーター募集」係